Dieses Buch gehört

KAROLINE und Luise

magie hoch zwei

OPERATION WALDMEISTER

SIBYLLE LUIG

magie hoch zwei

OPERATION WALDMEISTER

mit Bildern von Ulrike Barth-Musil

monika fuchs

Personen und Handlung sind frei erfunden.
Jegliche Ähnlichkeiten mit realen Menschen oder Ereignissen wären rein zufällig und sind nicht beabsichtigt.

www.verlag-monikafuchs.de
www.magiehochzwei.com

Bibliografische Informationen der Deutschen Nationalbibliothek:
Die Deutsche Nationalbibliothek verzeichnet diese Publikation in der Deutschen Nationalbibliografie;
detaillierte bibliografische Daten sind im Internet über http://dnb.d-nb.de abrufbar.

Überarbeitete Neuausgabe der 2017
im Selbstverlag erschienenen Erstausgabe

ISBN 978-3-947066-22-3

Layout und Satz: Die Bücherfüxin | www.buecherfuexin.de
Silhoutte Berlin: © HS-Photos (Heike Schulz) | depositphotos.com
Cover und Illustrationen: Ulrike Barth-Musil | Potsdam
Text: Sibylle Luig | Berlin

Printed in EU 2019

Inhaltsverzeichnis

1
Ganz schön einsam

»Autsch!«, rief Elli. Einer der kleinen Zettel, die Josefine mit einem Gummi durch die Klasse schoss, hatte sie an der Lippe getroffen. Jetzt lag er vor ihr auf dem Pult, und Elli konnte sich nicht entschließen, ob sie ihn einfach runterfegen oder aufmachen und lesen sollte. Andere Schüler hatten anscheinend gelesen, was darauf stand. Immer wieder kicherte jemand. Zögernd griff Elli nach dem Zettel.

»Elektra«, hörte sie die Stimme ihrer neuen Klassenlehrerin, Frau Sauter. »Ich dachte, ich hätte euch gebeten, in euren Deutschbüchern die Seite 7 durchzulesen. Aber wenn dein Zettel interessanter ist, dann willst du vielleicht an die Tafel kommen und ihn vorlesen?«

Jetzt schien auf einmal die ganze Klasse zu kichern. Wussten alle bis auf Elli, was Josefine geschrieben hatte? Mit rotem Kopf stand Elli auf, strich ihren Rock glatt und ging zögernd an die Tafel.

»Na, was steht denn da nun Spannendes?« Frau Sauter war eine große, dicke Frau mit rotgefärbten, kurzen Haaren und einer durchdringenden Stimme.

Elli faltete den Zettel auf, starrte ihn an und wäre am liebsten im Boden versunken.

»Kannst du nicht lesen?«, fragte Frau Sauter und schnappte ihr den Zettel aus der Hand.

»Elektra liebt Philip«, trug sie laut vor und hielt den Zettel hoch, damit alle das von einem Pfeil durchbohrte Herz sehen konnten, neben dem links »Elektra« und rechts »Philip« stand.

»Das ist ja sehr interessant«, sagte Frau Sauter.

»Wer hat das geschrieben?«

Keiner meldete sich, und Elli sagte auch nichts. Josefine schien sie jetzt schon nicht zu mögen, dabei kannten sie sich noch gar nicht.

»Du kannst wieder auf deinen Platz gehen, Elektra«, sagte Frau Sauter. »Wenn hier in der Klasse keine Ruhe einkehrt, setze ich euch alle um. Dann sitzt ihr nicht mehr neben euren Freunden aus der Grundschule. Elektra und Josefine, ihr zwei könnt gleich den Platz tauschen.«

Elli ging zu ihrem Pult und packte ihre Sachen ein. Philip schaute sie dabei nicht an.

»Das haste jetzt davon«, zischte Josefine Elli böse zu, als sie sich mit ihrer Schultasche in der Hand auf die andere Seite der Klasse drängelte. Elli sagte nichts. Warum war Josefine nur so fies zu ihr? Sie hatte ihr doch nichts getan. Das Mädchen, neben dem Elli nun saß, trug eine weiße Rüschenbluse mit einem blauen Faltenrock und hieß Sofie.

»Komischer Name, Elektra«, sagte Sofie zur Begrüßung. Alle nannten Elektra nur Elli, bis auf ihre Mutter manchmal, aber das wussten weder Frau Sauter noch Sofie.

Anstatt zu Sofie zu sagen, sie könnte sie auch Elli nennen, sagte sie trotzig: »Mir gefällt der Name.«

»Umso besser«, sagte Sofie und redete von da an nur noch mit Mascha, die auf ihrer anderen Seite saß. Links von Elli saß niemand und rechts von ihr diese Sofie, die so tat, als sei sie Luft. Elli fühlte sich schrecklich alleine.

Sofie und Mascha verstanden sich so gut, dass ihr ständiges Gequatsche nur wenige Tage später zum nächsten Umsetzen führte, und Elli landete neben einer Charlotte.

Außer Philip kannte Elli keines der Kinder in ihrer neuen Klasse. Irena, Emilia und Anton waren in der 5 a, Luis und Nicholas waren in die 5 c gekommen, und die anderen Kinder aus ihrer alten Klasse waren auf andere Schulen gegangen oder noch auf der Grundschule geblieben.

»Ist doch nicht schlimm«, hatte ihre Mutter gesagt. »Du wirst bestimmt schnell neue Freundinnen finden. Und Philip ist ja auch in deiner Klasse.«

Ja, Philip war da, aber neue Freundinnen hatte Elli bisher nicht gefunden. Auch nach drei Wochen noch nicht.

»Die sind alle total bescheuert«, sagte Elli eines Tages nach der Schule zu Philip.

»Total«, sagte Philip. Er hatte an der Ecke der Reichsstraße auf sie gewartet. Josefine sollte nicht merken, dass sie den gleichen Nachhauseweg hatten. Sie hörte einfach nicht auf, Philip und Elli zu ärgern. Elli traute sich kaum noch, mit ihm zu reden.

»Aber die Jungs sind ganz nett. Also der Leon, neben dem ich gerade sitze, der ist okay«, sagte Philip.

»Toll«, sagte Elli genervt.

»Ist doch nur Schule«, sagte Philip, um sie zu trösten.

»Ja, nur sechs schreckliche Stunden jeden Tag.« Elli schüttelte den Kopf, dass ihre rotblonden Locken nur so flogen.

»Wollen wir zu dir gehen und uns in die Eiche setzen?«

In Philips Garten wuchs eine riesige alte Eiche, in die sie eine Strickleiter gehängt hatten. Wenn man die ersten drei Meter Stamm überwunden hatte, konnte man gemütlich auf den Ästen liegen, so breit waren sie. Und das war auch der einzige Ort, an dem man vor Philips doofer Nachbarin sicher war.

»Ich hab jetzt Fußballtraining«, sagte Philip.

»Ach ja.«

Philip spielte zurzeit dauernd Fußball. Nachmittags hatte er fast nie Zeit. So kam es Elli jedenfalls vor. Na gut, dann würde sie eben alleine nach Hause gehen und in ihrem neuen Buch lesen, bis ihre Mutter und ihre Tante kamen.

»Da ist ein Mädchen in meiner Klasse, die ist so richtig gemein zu mir«, sagte Elli beim Abendessen, während sie missmutig in ihren Spaghetti stocherte.

»Wirklich?«, fragte ihre Mutter. »Was macht sie denn?«

»Sie sagt, dass ich in Philip verliebt bin.«

Tante Eva, die mit ihnen zu Abend aß, kicherte.

Elli hätte sich denken können, dass Eva das lustig finden würde. Sie wünschte sich, sie hätte es nicht gesagt.

»Und sie sagt, dass ich einen komischen Namen habe. Elektra, so heißt kein Mensch, sagt sie.«

»Elektra hieß meine Oma, also deine Uroma, Elli«, sagte ihre Mutter und nahm sich noch eine Portion Spaghetti. »Ich mochte sie sehr gerne.«

»Ich kenn ja noch nicht mal meine Oma«, sagte Elli. »Ich wünschte, ihr hättet mich nach dir benannt, Mama. Matea, das klingt so schön.«

»Das wäre ja langweilig«, stöhnte Tante Eva. »Die große und die kleine Matea. Na, ich danke.«

Typisch Tante Eva. Nichts war schlimmer, als wenn irgendwas oder irgendwer langweilig war.

»Als wir klein waren fanden sie unsere Namen komisch, weißt du noch, Eva?«, fragte Ellis Mutter ihre Schwester. »Vor allem meinen Namen.« Sie lachte, als sie sich daran erinnerte.

»Was ist denn lustig an Matea?«, fragte Elli immer noch schlecht gelaunt.

»So hieß früher einfach niemand. Das fanden alle komisch«, sagte ihre Mutter.

»Und mich haben sie nach Adam gefragt: Eva, wo ist denn dein Adam?«, fiel Tante Eva ein.

Sie kicherten bei dem Gedanken daran.

Elli wurde traurig, als sie ihre Mutter und ihre Tante zusammen kichern hörte. Zu zweit konnte man darüber lachen, dass man einen komischen Namen hatte, aber alleine war das nicht so einfach. Wenn sie Eva und Matea zusammen sah, dann fühlte sie sich manchmal schrecklich einsam.

»Ist mir egal, was früher war. Ich hab einen seltsamen Namen, und die Mädchen in der Klasse lachen mich aus«, beharrte sie.

»Du hast keinen seltsamen Namen, sondern einen besonderen, das ist ein Unterschied«, sagte ihre Mutter.

»Ein besonderer Name für ein besonderes Mädchen«, sagte Tante Eva stolz.

»Ich bin überhaupt nicht besonders«, sagte Elli. »Für die Mädchen in meiner Klasse bin ich Luft – bestenfalls.«

Ellis Mutter streichelte ihr liebevoll über den Kopf.

»Ist doch so, die anderen Mädchen nehmen mich gar nicht wahr«, sagte Elli. »Nur die, die mich ärgern wollen.«

Eva griff über den Tisch nach Ellis Hand. »Elli, du bist etwas ganz Besonderes. Eines Tages wirst du das wissen.« Und zu Matea sagte sie »Muss doch nicht sein, dass sie sich so fühlt.«

Irgendwie klang das vorwurfsvoll, fand Elli.

»Natürlich nicht!«, sagte Ellis Mutter, als ob sie sich verteidigen wollte. Ins Gespräch vertieft hatte sie immer heftiger über Ellis Kopf gestreichelt.

»Aua, Mama!« in Ellis Haaren knisterte es. Sie hatten sich elektrisch aufgeladen.

»Entschuldige, Süße!« Matea zog ihre Hand zurück.

»Außerdem sieht das doch ein Blinder mit Krückstock«, sagte Tante Eva und betrachtete Ellis Locken, die jetzt in alle Richtungen von ihrem Kopf abstanden.

»Was sieht ein Blöder mit Krückstock?«, fragte Elli und versuchte, ihre rebellisch gewordenen Haare wieder zu glätten. Es gelang ihr nicht.

Bei dem bloßen Versuch knisterten sie noch gefährlicher. Evas Kater Nero, der es sich beim Essen auf Ellis Schoß bequem gemacht hatte und eingeschlafen war, maunzte erschrocken. Er sprang auf und versteckte sich unter dem Sofa.

Matea schaute von ihrer Schwester zu ihrer Tochter und stützte dann stöhnend ihren Kopf in beide Hände. Ihre blonden Locken fielen in sanften Wellen vor ihr auf den Tisch. Mateas Haare standen nie in alle Himmelsrichtungen von ihrem Kopf ab, wie die von Elli es manchmal taten.

»Bitte streitet nicht«, sagte Elli. »Das macht alles nur noch schlimmer.«

»Wir streiten nicht, wir haben nur Meinungsverschiedenheiten«, sagte ihre Mutter.

Ein anderes Wort für Streit, dachte Elli und schob ihren Teller weg. Sie hatte keinen Hunger mehr.

»Ich hab Meinungsverschiedenheiten mit Josefine aus meiner Klasse«, sagte sie. »Ich bin der Meinung, dass sie eine Arschkuh ist, und sie sieht das anders.«

Eva kicherte, und Matea seufzte schon wieder.

»Jetzt lach doch mal«, sagte Eva und stieß ihre Schwester mit dem Ellenbogen in die Seite.

Matea rang sich ein Lächeln ab. »Ist es so schlimm im Gymnasium, meine Süße?«

»Ich hab da keine Freundin in der Klasse.«

»Und was ist mit Philip?«

»Der sagt, dass die Jungen in der Klasse nett sind, aber die Mädchen sind Arschkühe.«

»Das haben wir jetzt verstanden«, sagte Matea streng, während Eva weiter kicherte.

»Es ist nicht schön, allein zu sein«, sagte Elli. »Ihr versteht das nicht. Ihr seid nie allein. Ihr seid immer Schwestern. Auch wenn ihr euch streitet.«

Jetzt kicherte auch Eva nicht mehr. »Du bist auch nicht alleine. Wir sind doch da.«

»Gar nicht. Ihr seid den ganzen Tag in eurer Praxis zusammen, und ich bin alleine in der Schule. Und selbst wenn. Ihr seid erwachsen, und ihr seid Zwillinge.«

Einen Augenblick schwiegen alle, dann sagte ihre Mutter: »Komm, Elli, du findest bestimmt eine Freundin.«

»Matea hat recht«, stimmte Eva ihrer Schwester zu. »Wenn man sich etwas wirklich wünscht, dann schafft man es auch.«

»Lass dich von Josefine nicht ärgern«, sagte Matea. »Es gibt doch noch andere Mädchen in der Klasse. Ich kann mir nicht vorstellen, dass alle Josefine toll finden.«

Elli überlegte. Wahrscheinlich hatten ihre Mutter und ihre Tante recht. Sie war nicht die Einzige, die von Josefine geärgert wurde. Henriette zum Beispiel. Josefine nannte Henriette immer »Henriette Bimmelbahn« wie die Lok aus dem Bilderbuch. Und zu Antonia, die ein bisschen stämmiger war, sagte sie ständig Tonni statt Toni und lachte sich dann halbtot.

Als Elli später im Bett lag und nicht einschlafen konnte, beschloss sie, am nächsten Tag in der Schule anzufangen, sich eine Freundin zu suchen. Sie stand nochmal auf, holte vom Schreibtisch einen Zettel und einen Stift und machte eine Liste aller Mädchen in ihrer Klasse.

Josefine begann ihre Liste, und den Namen strich sie gleich durch. Eine Freundin würde Josefine nie werden. Als zweiten Namen schrieb sie *Sofie* auf.

Elli überlegte, ob sie Sofie auch gleich durchstreichen sollte, ließ es aber bleiben. Sie wollte sich wirklich bemühen, eine Freundin zu finden. Schließlich stand auf ihrem Zettel:

~~Josefine~~	Alexandra
Sofie	Antonia
Mascha	Frieda (mit ie)
Margarethe	Frida (mit i)
Lena	Henriette
Lea	Charlotte

Sie würde von unten mit der Suche nach einer besten Freundin anfangen, schließlich saß sie gerade neben Charlotte.

»Schläfst du noch nicht?« Ihre Mutter streckte den Kopf zur Tür herein. Hinter ihr kam ihr Kater Mihai ins Zimmer. Er sprang auf Ellis Bett und drehte sich dreimal um sich selbst. Dann legte er sich gemütlich zu ihren Füßen hin und fing an zu schnurren.

»Jetzt schlafe ich auch bald«, sagte Elli.

Matea legte sich neben Elli aufs Bett. Gemeinsam sahen sie hinauf an die blaue Decke mit den weißen Sternen über Ellis Himmelbett.

»Wenn ich nicht schlafen kann, zähle ich die Sterne«, sagte Elli und kuschelte sich an ihre Mutter.

Das Himmelbett hatten ihre Mutter und Tante Eva ihr zum zehnten Geburtstag geschenkt. Sie hatten die Stoffe ausgesucht und zusammen die weiten Vorhänge genäht, die man rund ums Bett zuziehen konnte. In der ersten Nacht hatten sie zu dritt darin geschlafen.

»Denk daran, was man in der ersten Nacht in einem neuen Bett träumt, das wird wahr«, hatte Tante Eva ihr kurz vor dem Schlafen ins Ohr geflüstert. Elli hatte geträumt, dass sie fliegen könnte. Aber weil das nie wahr werden würde, hatte sie es Tante Eva gar nicht erst erzählt. Jetzt musste Elli auf einmal daran denken. Fliegen zu können, das wäre etwas Einzigartiges. Wenn sie fliegen könnte, dann würden auch Sofie und Josefine plötzlich nett zu ihr sein. Und alle anderen sowieso.

»Es ist gut, einen Ort zu haben, an dem man glücklich ist«, sagte ihre Mutter in ihre Gedanken hinein und küsste Elli auf die Stirn, bevor sie wieder zu Eva in die Küche ging.

Das stimmte. Ihr Himmelbett war etwas Besonderes, und in ihrem Himmelbett war Elli glücklich. Gleich morgen wollte sie sich auf die Suche nach einer Freundin machen, der sie ihr Bett zeigen konnte. Sie las noch zwei Seiten in ihrem neuen Lieblingsbuch.

Aus der Küche hörte sie Matea und Eva mit Geschirr klappern und sich unterhalten. Elli liebte diese vertrauten Geräusche. Es war schön zu wissen, dass ihre Mutter und ihre Tante wach waren und auf sie aufpassten, während sie im Bett lag. Als sie schon fast eingeschlafen war, hörte sie, wie Tante Eva auf einmal lauter wurde.

»Du musst es ihr sagen, Matea. Sie hat ein Recht darauf zu wissen, wer sie ist.«

Aber noch bevor Elli darüber nachdenken konnte, wem Matea was sagen sollte und warum, war sie bereits eingeschlafen.

2

Der arme Lou

Als Elli am nächsten Morgen in die Klasse kam, saß Henriette allein an ihrem Pult und starrte auf ihr Handy. Glücklich sah sie dabei nicht aus. Vielleicht war Elli wirklich nicht die Einzige, die sich nach einer Freundin sehnte? Sie zögerte einen Augenblick, und fast hätte sie Henriette angesprochen, aber dann kam Frau Sauter in die Klasse. Elli konnte Henriette nur noch zunicken und sich schnell hinsetzen.

Im Unterricht blieb der Platz neben Henriette frei. Elli überlegte, wer dort zuletzt gesessen hatte. Es fiel ihr nicht ein. Frau Sauter versetzte Kinder, wenn sie fand, dass sie störten. Und irgendwer schien Frau Sauter immer zu stören. Elli drehte sich nach rechts und links um, um zu schauen, wer von den Mädchen da war.

»Wenn du einen solchen Bewegungsdrang hast, Elektra, dann komm doch bitte an die Tafel«, sagte Frau Sauter. »Vielleicht kannst du dich an die Vokabeln erinnern, die wir gestern in Englisch zum Thema Herbst gelernt haben.«

Elli hatte die Worte geübt, die Frau Sauter abfragte, und konnte alles beantworten. Aber Frau Sauter korrigierte die Aussprache jedes einzelnen Wortes und schüttelte dabei den Kopf, als könnte sie gar nicht begreifen, dass jemand so schlecht Englisch sprach.

»Manche lernen es nie«, sagte Frau Sauter kopfschüttelnd zur Klasse, nachdem Elli sich wieder gesetzt hatte. »Für Englisch braucht man einfach ein bisschen Talent und Sprachgefühl.«

Elli bemühte sich, ihren Kopf so zu halten, dass nicht alle sahen, wie rot sie geworden war. Sie dachte an Frau Linse, ihre Klassenlehrerin aus der Grundschule. Wie nett sie gewesen war im Vergleich zu Frau Sauter.

Als die Stunde zu Ende war, blieb Elli auf ihrem Platz sitzen. Sie hatte keine Lust, auf den Gang zu gehen und dort alleine rumzustehen. Und wenn sie sich zu Philip stellte, würde Josefine sie sofort wieder aufziehen. Da tat sie lieber so, als müsste sie sich noch auf die nächste Stunde vorbereiten.

»Das war gemein von Frau Sauter«, sagte Henriette und setzte sich auf den freien Platz neben Elli. »Mach dir nichts draus. Zu meinem Cousin ist sie auch immer so fies gewesen.«

»Jetzt nicht mehr?«

»Nee, der geht jetzt in die Achte. Da traut sie sich nicht mehr, sagt er. Die ist nur zu den Kleinen fies.«

»Ich hätte auch gerne einen Cousin in der achten Klasse«, sagte Elli.

»Kannst meinen haben«, Henriette zog die Nase kraus, aber dann lachte sie. »Nee, der ist schon ganz okay.«

Ellis Herz klopfte. So viel hatte sie noch mit niemandem aus der Klasse geredet. Und jetzt ausgerechnet mit Henriette, die auf Platz zwei ihrer »Beste-Freundinnen-Liste« stand. Sie fasste sich ein Herz: »War was vorhin? Du sahst traurig aus.«

»Erzähl ich dir in der großen Pause. Da kommt Herr Müller«, sagte Henriette und stand auf.

Herr Müller unterrichtete Naturwissenschaften und war Ellis Lieblingslehrer. Er hatte nicht nur das spannendste Fach, er war auch netter als alle anderen Lehrer am Gymnasium. Er war groß und grauhaarig, und wenn er den Schülern zuhörte, setzte er seine Brille ab und schaute sie ganz genau an. Dabei legte er die Brille meistens irgendwohin, wo er sie nicht wiederfand, und später suchten sie alle zusammen.

Aber heute konnte Elli sich kaum darauf konzentrieren, was Herr Müller sagte, so sehr freute sie sich auf die große Pause.

Als es endlich klingelte, ging sie hinter Henriette her auf den Pausenhof.

»Wenn alle Lehrer so nett wären wie Herr Müller, dann könnte man es glatt hier aushalten, oder?«, fragte Henriette.

»Gefällt es dir nicht auf dem Gymnasium?«, fragte Elli.

»Doch, ist schon ganz in Ordnung hier.«

»Weil du vorhin so traurig aussahst.«

»Ach so, ja. Ich bin traurig, weil es meinem Hund schlecht geht.«

»Du hast einen Hund?« Elli merkte, wie sie ein bisschen eifersüchtig wurde. Sie hätte so gerne auch ein eigenes Tier gehabt.

»Ja, Lou. Er ist noch ein Welpe, ein Beagle. Ich hab ihn gerade erst bekommen. Und seit Mittwoch jault er und versucht, sich am Ohr zu lecken. Der Tierarzt sagt, dass da nichts ist. Er meint, dass Lou sich vielleicht nicht wohl fühlt bei mir. Wenn es nicht besser wird, müssen wir den Züchter anrufen, meint mein Vater.«

»Oh«, sagte Elli.

»Dann nehmen sie ihn mir vielleicht wieder weg.« Henriette weinte fast.

»Bestimmt nicht!« Elli griff nach Henriettes Hand. »Ich hab eine Idee, was wir machen.«

»Du?«, fragte Henriette, und Elli fand, dass es so klang, als würde Henriette ihr das nicht zutrauen. Aber sie war sich ganz sicher, dass sie ihr und Lou helfen konnte.

»Ja, ich«, sagte sie bestimmt. »Warte nach der Schule auf mich. Lou wird schon wieder. Versprochen.«

Nach der Schule riefen sie von Henriettes Handy bei Ellis Mutter in der Praxis an.

»Ich kann heute beim besten Willen nicht, Schatz. Ich hab eine OP. Das kann dauern. Bringt den Hund doch morgen.«

Elli wollte nicht bis morgen warten. Sie wollte Henriette jetzt beweisen, dass sie ihr helfen konnte.

»Dann gib mir Tante Eva«, verlangte Elli.

Und Tante Eva sagte Ja. Sie durften Lou um drei zu ihr bringen.

»Ich schau mir das Ohr gerne an. Jaulen vor Schmerz, das geht ja gar nicht.« Wie immer klang Tante Eva sehr bestimmt.

»Danke, danke, danke«, rief Elli in den Hörer.

Und Henriette sagte »danke, danke, danke« zu Elli und umarmte sie.

»Müssen wir deine Eltern noch fragen?«, wollte Elli von Henriette wissen.

»Wenn, dann meinen Vater, aber der ist noch nicht da«, sagte Henriette, und sie machten sich auf den Weg.

Als sie bei Henriette zu Hause ankamen, lag Lou in einer dunklen Ecke im Wohnzimmer und winselte.

Er hob gerade mal den Kopf, um Henriette zu begrüßen, dann vergrub er ihn wieder unter seinen Pfoten.

»Oje, der Arme«, seufzte Elli.

Elli und Henriette knieten sich vor ihn hin.

»Ich weiß nicht mal, wie wir ihn zur Praxis bringen sollen. Er will nicht laufen, und ich kann ihn doch nicht tragen«, seufzte Henriette.

Nein, zum Tragen war Lou zu schwer, auch wenn er ein Welpe war.

»Vielleicht zusammen? Wenn wir ihn in eine große Einkaufstasche setzen? Mit einem Kissen drin?«

»Gute Idee!«, rief Henriette. »Komm mit!«

In der Küche fanden sie hinter einem Schrank eine blaue Ikea-Tasche.

»Da passt sogar sein weiches Körbchen rein, glaube ich.«

Henriette lief nach oben und kam kurz darauf mit einem Hundekörbchen wieder. Sie setzen es in die Tasche, und dann hoben sie den wimmernden Lou gemeinsam in sein Körbchen hinein. Ganz vorsichtig, damit sie ihm nicht wehtaten.

»Ohne dich würde ich das nie schaffen«, ächzte Henriette, und Elli lächelte glücklich.

»Ist doch klar«, sagte sie. Dann legten sich beide jeweils einen Henkel der Tasche über die Schulter und hoben sie auf »eins, zwei, drei« hoch.

Einen Augenblick schwankte die Tasche und mit ihr Lou bedenklich zwischen ihnen vor und zurück, aber dann pendelte sie sich ein.

Henriette gab die Adresse von der Praxis in ihr Handy ein. Elli war sich nicht sicher, ob sie den Weg von Henriettes Wohnung aus finden würde.

»Ankunft 14:58«, verkündete Henriette einen Moment später. »Perfekt.« Sie folgten den Anweisungen der Handystimme durch die Straßen, bis sie bei der Praxis von Matea und Eva ankamen.

Auf den Stufen vor dem Haus saß Tante Eva, ihre roten Haare zu einem Dutt hochgesteckt und in der Hand eine ihrer Nelkenzigaretten.

»Deine Mutter raucht?«, fragte Henriette.

»Das ist meine Tante«, sagte Elli schnell. Musste Tante Eva unbedingt vor ihren Freundinnen rauchen?

»Mein Vater raucht auch manchmal«, sagte Henriette. »Aber nur abends.«

Na ja, dachte Elli. Immerhin auch nicht perfekt.

»Hallo, ich bin Eva!« Ellis Tante streckte Henriette die Hand entgegen. Dann sah sie Lou in der Tasche. »Und du bist der Patient. Dann kommt mal rein.«

Evas Praxishälfte war auf der rechten Seite des Flurs. Vor ihrer Tür hing ein Perlenvorhang, der leise klimperte, als sie hindurchgingen. In den Räumen war es ziemlich dunkel, in den Ecken standen Kerzen, und von der Decke hing eine große Lampe, deren Licht rötlich schien.

Henriette sah sich irritiert um.

»Bei eurem Tierarzt sieht es anders aus, oder?«, fragte Eva.

Henriette nickte.

»Vielleicht kann ich ihm ja trotzdem helfen.« Eva zwinkerte Henriette zu. »Darf ich Lou aus der Tasche holen?«

Henriette nickte wieder. Tante Eva und die Praxis schienen ihr die Sprache verschlagen zu haben.

Eva hob Lou aus der Tasche und setzte sich mit ihm in ihren großen Ohrensessel. Einen Moment saßen sie einfach nur so da, dann hob Lou den Kopf, sah Tante Eva an und legte seine Vorderpfoten auf ihren Schoß. Er hatte aufgehört zu winseln. Eva strich ihm über den Kopf und betrachtete ihn aufmerksam.

»Das rechte Ohr, oder?«, fragte sie Henriette.

Henriette nickte schon wieder. Dann räusperte sie sich und schien endlich auch wieder sprechen zu können.

»Der Tierarzt konnte nichts feststellen«, sagte sie.

»Na, wir schauen mal«, tröstete Eva sie.

»Darf ich?«, fragte sie Lou. Dann hob sie sein rechtes Ohr vorsichtig an und leuchtete mit einer kleinen Lampe hinein.

»Alles klar«, sagte sie einen Moment später. »Bring mir doch mal die erste Schublade unten rechts. Zieh sie einfach raus.«

Elli zog die Schublade aus der Kommode, auf die Eva gezeigt hatte. In der Schublade lagen viele Tuben mit Salben. Eva kramte einen Moment, zog nacheinander zwei Tuben raus, schüttelte den Kopf und fand schließlich eine große Tube, die die richtige zu sein schien. Sie schaute Lou an, und der nickte mit dem Kopf, dass seine langen Beagle-Ohren schlackerten. Eva schmierte ihm Salbe ins Ohr, wartete einen Augenblick, und schließlich nickte auch sie. Lou sprang von ihrem Schoß und rollte sich zu ihren Füßen zusammen.

»Ist er jetzt wieder gesund?«, fragte Henriette erwartungsvoll.

»So schnell geht es nicht«, sagte Tante Eva lächelnd. »Er hat eine Entzündung im Ohr. Kann sein, dass man die noch nicht sehen konnte, als ihr letzte Woche beim Arzt wart. Die Salbe wird die Entzündung heilen, aber so etwas kann immer wieder passieren.«

»Okay«, sagte Henriette zögernd.

»Und was soll das heißen?«, fragte Elli ungeduldig.

Tante Eva antwortete mit einer Gegenfrage: »Kann es sein, dass Lou viel allein zu Hause ist?«

»Na ja. Schon. Wenn ich in der Schule bin«, gab Henriette zu.

»Dachte ich mir«, sagte Eva. »Dafür ist Lou noch zu klein. Er braucht jemanden, der tagsüber nach ihm schaut. Sonst wird er immer ein bisschen traurig sein. Und wenn man traurig ist, wird man viel eher krank.«

»Aber ich muss doch zur Schule. Und Papa ins Büro«, seufzte Henriette.

»Vielleicht fällt dir jemand ein, der am Vormittag mal eine Stunde mit ihm rausgehen könnte? Denk doch mal darüber nach.«

»Okay, mache ich«, versprach Henriette.

»Wenn Lou weniger alleine ist, wird er wieder fröhlich sein und schnell gesund werden. Und du musst ihn nicht zum Züchter zurückbringen.«

Elli wunderte sich. Woher wusste Tante Eva, dass Henriette Angst hatte, Lou zurückgeben zu müssen? Sie hatten ihr nichts davon erzählt. Irgendwie schien es so, als würde Tante Eva solche Sachen immer spüren.

»Das ist mein sechster Sinn«, lachte Eva sonst, wenn Elli sie darauf ansprach. Aber jetzt sagte Elli nichts und hoffte, dass es Henriette nicht auffallen würde. Mit ihren Nelkenzigaretten und einer Praxis voller bimmelnder Perlenvorhänge, Kerzen in den Zimmerecken und duftend verglühenden Räucherstäbchen war Tante Eva schon ausgefallen genug.

Aber Henriette merkte sowieso nichts. Sie schaute glücklich zu, wie Lou auf die Beine sprang, als sie gehen wollten und eine Rückreise in seinem schaukelnden Körbchen ablehnte.

An der Gartentür drehten sich alle drei nach der winkenden Eva um. Lou bellte zum Abschied.

»Deine Tante ist eine tolle Ärztin«, sagte Henriette am nächsten Tag in der Schule zu Elli, als sie auf das Klingeln zur ersten Stunde warteten.

»Eigentlich ist sie Heilpraktikerin, meine Mutter ist Tierärztin. Sie teilen sich die Praxis«, sagte Elli.

»Wie auch immer«, sagte Henriette, die kaum zugehört hatte. »Lou geht es gut, und heute kommt zum ersten Mal Frau Wegner zu ihm. Das ist unsere Nachbarin.«

Das alles erzählte sie nicht nur Elli, sondern auch Toni, die heute zurück in der Schule war und ihren Platz neben Henriette wieder eingenommen hatte.

Zu Hause berichtete Elli, dass es Lou wieder gut ging. Sie bestellte Tante Eva schöne Grüße von Henriette, obwohl Henriette die vergessen hatte.

»Und, bist du jetzt auch ein bisschen weniger allein?«, fragte Tante Eva Elli.

»Schon«, sagte Elli und bemühte sich, tapfer zu sein. »Henriette ist wirklich nett. Aber leider hat sie schon eine beste Freundin. Seit der ersten Klasse. Toni. Die war bloß eine Woche krank.«

Eva seufzte und nahm Elli in den Arm. »Das wird schon, Elli. Ich verspreche es dir. Du weißt, ich habe einen sechsten Sinn.«

3

Ein Kätzchen namens Noah

»Damit sind wir bei Frida – mit i«, sagte Elli am nächsten Tag auf dem Heimweg zu Philip. Sie hatte ihm gerade von ihrer Suche nach einer besten Freundin und der Liste erzählt.

»Wer war denn früher deine beste Freundin?«, fragte Philip, der, wie eigentlich immer, wenn er sich fortbewegte, einen Stein vor sich her schoss.

Gute Frage, dachte Elli. Früher hatte sie keine beste Freundin vermisst.

»Da waren wir alle Freunde in der Klasse, oder?«, sagte sie schließlich.

»Na ja«, meinte Philip und strich sich die Haare aus der Stirn. »Also mit Anton und Luis war ich nicht befreundet.«

»Ach, ich weiß auch nicht«, sagte Elli. Früher war Philip ihr bester Freund gewesen, aber jetzt hatte er kaum noch Zeit für sie, weil er dauernd Fußball spielte. Außerdem konnte sie Philip in der Schule nicht als besten Freund gebrauchen, Josefine würde sonst nie aufhören, sie zu ärgern. Aber wie sollte sie ihm das sagen, ohne dass es doof klang.

»Na, dann viel Erfolg mit Frida – mit i«, sagte Philip. Er kickte den Stein um die Ecke und folgte ihm.

»Danke«, brummte Elli und zog in die andere Richtung ab. Sie hatte keine Lust, nach Hause zu gehen. Eva und Matea würden erst gegen fünf Uhr heimkommen. Sie wollte nicht alleine am Küchentisch sitzen und Hausaufgaben machen.

Missmutig stopfte sie die Hände in die Taschen ihres Parkers. Komisch, was war das denn? In der rechten Jackentasche knisterte es. Verwundert zog Elli einen zusammengefalteten Zettel daraus hervor. Der war gestern noch nicht drin gewesen, als sie nach Geld für den Bäcker gesucht hatte. Da war sie sich sicher.

»Für Elli« stand in Evas großer, verschnörkelter Schrift darauf. »Nach der Schule öffnen«, stand in etwas kleineren Buchstaben darunter. Ellis Finger kribbelten vor Aufregung, als sie den Zettel öffnete.

»Nicht nach Hause gehen«, stand in der ersten Zeile. Und in den beiden Zeilen darunter: »Komm zum Maulbeerweg 13. Bei Belze klingeln!«

War das spannend! Eine geheimnisvolle Verabredung mit Tante Eva. Aber wo war das nur? Von einem Maulbeerweg hatte sie noch nie gehört. Zögernd schaute sie sich um. Was sollte sie jetzt machen? Vielleicht könnte sie jemanden nach dem Weg fragen? Plötzlich sah sie Evas Kater Nero ein paar Schritte entfernt von ihr auf dem Gehweg sitzen.

»Nero, was machst du denn hier?«, rief Elli und ging auf ihn zu. Als sie ihn fast erreicht hatte, stand er auf und lief vor ihr her. Zögernd folgte Elli ihm. Ob er den Weg wusste? Eigentlich konnte das nicht sein, aber immer, wenn er abbog, schien er den Kopf nach ihr umzudrehen, als wollte er sagen: »Na, kommst du auch?« Und Elli folgte ihm, bis er stehen blieb, um sich an der Stange eines Straßenschilds den Nacken zu reiben. Elli hielt ebenfalls an und schaute nach oben. »Maulbeerweg« stand auf dem Schild.

»Das gibt es doch nicht«, sagte Elli.

Als sie wieder nach unten schaute, war Nero verschwunden. Elli blickte sich um, sie stand vor dem Haus mit der Nummer 17. Sie folgte der Straße, zu aufgeregt, um sich weiter zu wundern. Da, wo die 13 hätte kommen sollen, war ein verwildertes Grundstück mit einem von Efeu fast vollständig überwucherten Zaun. Elli ging zögernd weiter, aber das nächste Haus war schon die Nummer 11. Sie ging zurück. Erst jetzt sah sie die kleine Tür im Zaun, und dann sah sie auch das Klingelschild. B. & B. Belze. Das war es also. Elli wünschte sich, dass Nero noch da wäre, als sie zögernd auf die Klingel drückte. Sie wäre lieber nicht alleine gewesen.

»Hallo, hier bin ich. Huhu.«

Elli zuckte zusammen, so sehr erschreckte sie sich. Dabei war es doch nur Eva, die auf den Treppenstufen vor dem Haus stand, von Kopf bis Fuß rot gekleidet und wie immer schrecklich laut.

»Hast du es gut gefunden?«, fragte sie, als Elli auf den Stufen neben ihr angekommen war.

»Ja, kein Problem«, sagte Elli. »Nero war da.« Ihre Tante schien sich darüber nicht zu wundern, sie lächelte Elli nur geheimnisvoll an und umarmte sie.

»Ich habe eine Überraschung für dich«, sagte sie und drückte Elli noch einmal fest an sich. »Komm mit rein und sag meiner Freundin Beate ›Hallo‹.«

Elli folgte ihrer Tante in das kleine Haus. Es sah hier ein bisschen so aus wie in Evas Praxis. Überall waren Muster, auf den Teppichen und auf den Vorhängen. An den Wänden klebten dunkle Tapeten, auf denen üppige Blumen blühten. Frau Belze war eine schlanke, freundlich aussehende Frau. Sie hatte sich ein buntes Tuch in die Haare gebunden, an dessen Enden kleine Metallplättchen lustig klimperten. Eigentlich kannte Elli die Freundinnen ihrer Mutter und ihrer Tante, aber von einer Frau Belze hatte sie noch nie gehört.

Beate Belze schüttelte Elli lange die Hand und sah sie dabei prüfend an. »Du bist also Elli«, sagte sie schließlich. »Ich bin Beate. Ich habe gehört, dass du eine Katze bekommen sollst.«

Elli starrte Beate Belze an. Was hatte sie gesagt? Sie würde eine Katze bekommen? Das konnte doch nicht wahr sein. Sie schaute sich nach ihrer Tante um. Die strahlte und nickte nur. Es stimmte also. Wahnsinn! Elli konnte ihr Glück nicht fassen.

»Jetzt?«, fragte sie. »Heute?«

Sie hatte sich eine eigene Katze gewünscht, seit sie denken konnte. Matea hatte ihren Kater Mihai, Eva ihren Nero. Zwei Katzen im Haus, das muss reichen, hatten beide Schwestern immer gesagt. Da waren sie sich, wie so oft, einig. Und nun stand Eva hier und sagte, dass sie, Elli, ihre eigene Katze bekommen würde.

»Danke, Tante Eva«, konnte Elli nur flüstern. Sie hatte einen riesengroßen Freudenkloß im Hals.

»Dann komm«, sagte Beate und streckte ihre Hand nach Ellis aus. Gemeinsam gingen sie in das angrenzende Zimmer, in dem ein großer Katzenkorb stand. In ihm lag die Katzenmutter und um sie herum die süßesten schwarzweißen, roten und gescheckten Katzenbabys, die Elli je gesehen hatte.

»Schauen wir mal, ob deine Katze dabei ist. Aussuchen darf sie dich heute, aber mitnehmen kannst du sie erst in zwei Wochen. Noch braucht sie ihre Mutter mehr als dich.«

Die Katze soll mich aussuchen?, dachte Elli und wurde auf einmal ängstlich. Sie hatte gedacht, dass sie sich eines der Kätzchen aussuchen durfte. Was, wenn sich keines der Katzenbabys für sie entscheiden würde? Elli konnte sie sich gut vorstellen, dass die Kätzchen sie gar nicht bemerken würden.

Sie waren noch so klein. Woran würde sie merken, dass eine der kleinen Katzen sie ausgesucht hatte?

»Keine Angst«, sagte Beate Belze. »Setz dich einfach neben den Korb und schau dir die Kätzchen an. Wir haben keine Eile.«

»Ich mach uns mal einen Tee«, sagte sie und verschwand. Eva ging ihr nach, und Elli blieb alleine mit den Katzen.

Vorsichtig setzte sie sich neben den Korb. Es waren sieben kleine Katzen, eine niedlicher als die andere. Elli wünschte sich so sehr, dass sich eine von ihnen für sie entschied. Aber wie sollte das passieren? Zwei der Kätzchen spielten miteinander, zwei andere schliefen, und die restlichen tranken Milch bei ihrer Mutter. Sie musste sich irgendwie bemerkbar machen. Aber wie?

»Hallo«, flüsterte sie schließlich. »Ich bin Elli. Also eigentlich Elektra. Elektra Schick.«

Keine der Katzen beachtete sie. Oh nein, dachte Elli. Es wird nicht klappen. Ich habe keine beste Freundin, und eine Katze werde ich auch nicht bekommen. Was mach ich nur falsch? Sie wollte gerade aufstehen und ihre Tante holen, da zuckte eines der schlafenden Katzenbabys plötzlich mit dem Ohr. Elli hatte das schon hundertmal gesehen. Nero und Mihai zuckten auch mit den Ohren im Schlaf. Aber war das hier vielleicht ein Zeichen? Ihr Herz klopfte. Sie beugte sich tiefer zum Korb runter und fing wieder an, mit den Kätzchen zu sprechen.

»Ich wohne mit meiner Mutter und meiner Tante zusammen. Wir haben schon zwei Katzen. Mihai ist groß und hat flauschiges, weiches Fell und einen ganz buschigen Schwanz. Sein Fell ist cremefarben, und seine Augen haben die Farbe von Honig. Nero ist schlank und hat glattes Fell. Er ist so schwarz wie du, und seine Augen sind eisblau. Ich glaube, du würdest die beiden mögen und sie dich sicher auch.«

Träge schob das Kätzchen, das eben noch geschlafen hatte, ein Augenlid hoch. Ellis Herz klopfte ihr bis zum Hals. Es hörte sie, vielleicht würde es sie aussuchen. Sie redete weiter.

»Ich wünsche mir so sehr eine kleine Katze, eine kleine Katze genau wie dich.«

Das Katzenbaby hob den Kopf, betrachtete Elli und legte sich wieder schlafen. Elli spürte, wie ihr die Tränen in die Augen schossen. Die Katze wollte sie nicht, genauso wie sie befürchtet hatte. Aber anstatt richtig anzufangen zu weinen, schrie Elli plötzlich voller Panik auf. Etwas war ihr auf den Kopf gesprungen und krallte sich jetzt mit scharfen Krallen in ihren Locken fest.

Beate und Eva stürmten in den Raum, in dem Elli saß und jetzt gleichzeitig lachte und weinte. Die kleine rote Katze, ein Geschwisterchen der Katze, mit der Elli gerade geredet hatte, war von Ellis Kopf in ihren Schoß gesprungen. Sie drehte sich dreimal um sich selbst, dann legte sie sich hin und begann, an Ellis Hand zu lecken.

Beate zwinkerte Elli zu. »Das ist Noah. In zwei Wochen darf er zu dir ziehen.«

4

Ein großes schwarzes Buch

Als Elli am nächsten Tag in der Schule von Noah erzählte, waren alle furchtbar aufgeregt. Keine von den anderen Mädchen hatte eine Katze als Haustier. Henriette hatte ihren Hund Lou, Frida (mit i) hatte Schildkröten und Toni Fische. Sonst hatte niemand ein eigenes Tier. Margarethe weinte ein bisschen, weil ihr Meerschweinchen letzte Woche gestorben war. Aber die anderen bestürmten Elli mit Fragen: Wann kommt er zu dir nach Hause? Wie heißt er noch mal? Können wir dich dann besuchen? Wie sieht er aus? Hast du ein Foto? Nein, leider hatte Elli kein Foto. Daran hatte sie überhaupt nicht gedacht.

»Auch nicht auf deinem iPhone?«, fragte Toni und spielte mit ihrem Handy.

»Leider nein«, sagte Elli und hätte zum ersten Mal gerne ein Smartphone gehabt.

»Deine Mutter kann ja ein Foto auf mein Handy schicken«, bot Toni großzügig an. Elli schrieb sich Tonis Nummer auf. Sie würde ihre Mutter überreden müssen, ihr das Handy zu geben, damit sie bei Beate von Noah ein Foto machen könnte. Hoffentlich würde sie das erlauben. Matea war nicht begeistert gewesen, als sie von Noah erfahren hatte.

»Wenn er erst in vierzehn Tagen kommt, hat er danach gerade mal eine Woche Zeit, sich bei dir einzuleben. Dann ist die Klassenfahrt«, sagte Philip.

Elli starrte Philip entgeistert an: »Echt? So bald schon?«, fragte sie. Die Klassenfahrt hatte sie völlig vergessen.

»Sind doch nur vier Tage«, beruhigte Henriette sie. »Das wird er schon aushalten. Deine Eltern sind ja da. Also, deine Tanten. Und deine Mutter.«

Sie verhedderte sich, aber Elli schenkte ihr sowieso keine Beachtung. Jetzt fiel es ihr wieder ein. Mit dem Bus sollten sie in eine Jugendherberge nach Buchholz fahren und von da aus Wanderungen im Wald und als Höhepunkt einen Ausflug nach Hamburg machen. Das war wirklich das Letzte, auf das sie Lust hatte, jetzt, da Noah zu ihr kommen sollte.

Elli hatte es sowieso vor der Klassenfahrt gegraut. Wahrscheinlich würde sie im Bus alleine sitzen müssen, weil alle anderen schon eine Freundin hatten, neben der sie sitzen wollten. Wenn sie sich neben Philip setzte, würde Josefine sofort wieder gemeine Sachen über sie sagen. Und außerdem schien Philip sich wirklich gut mit Leon zu verstehen. Philip, der nicht mal gesucht hatte, schien einen Freund gefunden zu haben. Es war so unfair.

»Ich will nicht auf Klassenfahrt fahren«, erklärte Elli ihrer Mutter beim Abendessen. »Ich kann auch gar nicht. Ich muss schließlich bei Noah bleiben.«

Elli und ihre Mutter saßen in der Küche und aßen Hochzeitssuppe. Das war Ellis Lieblingsessen, das es mindestens zweimal in der Woche gab, weil alle es mochten und es so schön einfach zu kochen war.

»Natürlich fährst du auf Klassenfahrt. Das steht nicht zur Diskussion. Du kannst sowieso nicht immer bei Noah bleiben. Wir kümmern uns um ihn.«

»Mama, versteh doch. Er ist dann ganz neu bei uns, und ich will bei ihm bleiben. Lou, der kleine Hund von Henriette, darf auch nicht so viel allein sein. Das hat Tante Eva selbst gesagt. Das musst du doch verstehen.«

Aber Mama verstand nichts. »Elli«, sagte sie. »Du gehst auf diese Klassenfahrt. Da sind alle Kinder aus deiner Klasse und unternehmen etwas zusammen. Da lernen sich alle kennen. Es wird dir Spaß machen.«

»Ich will aber nicht, Mama«, sagte Elli verzweifelt. »Du bist gemein. Wieso steht das nicht zur Diskussion? Mit Tante Eva diskutierst du immer. Aber mit mir nie. Nichts gönnst du mir, Noah hätte ich auch nie bekommen, wenn Tante Eva nicht wäre.«

Elli stand so heftig auf, dass ihr Stuhl umfiel, aber sie kümmerte sich nicht darum. Mit Tränen in den Augen rannte sie in ihr Zimmer und ließ sich aufs Bett fallen. Sie hatte solche Angst vor der Klassenfahrt und davor, dort ganz alleine zu sein und Heimweh zu haben. Warum wollte ihre Mutter das nicht verstehen? Elli vergrub den Kopf tief ins Kissen, bis sie viele bunte Sterne vor ihren Augen tanzen sah.

Das mit Noah hätte sie nicht sagen sollen, das tat ihr jetzt schon leid. Am liebsten wäre sie in die Küche zurückgegangen und hätte sich entschuldigt, aber irgendwie schaffte sie es nicht. Vielleicht würde ihre Mutter zu ihr kommen, und sie könnten sich wieder vertragen? Elli lauschte, aber sie hörte keine Schritte. Stattdessen hörte sie jetzt Matea und Eva in der Küche reden. Sie hatten die Tür zugemacht, und Elli hatte ihre Schlafzimmertür vorhin zugeknallt, aber einzelne Satzfetzen hörte sie doch. Diesmal war es

Matea, die laut genug war, um sie zu verstehen: »Das kannst du nicht im Alleingang machen!«

Eva redete ausnahmsweise leiser. Ihre Antwort verstand Elli nicht, aber in der Summe hörte sie genug, um zu wissen, worum es ging. Es ging um Noah.

»Natürlich bleibt es jetzt dabei. Es geht ja gar nicht anders.« Das war wieder ihre Mutter.

Elli wartete, bis Matea sich zum Schlafen fertig machte. Nachdem im Bad das Licht ausgegangen war, schlich Elli zu ihr ins Schlafzimmer.

»Mama?«

»Elli?«, fragte ihre Mutter. »Was ist denn?«

»Ich kann nicht einschlafen.«

»Dann komm zu mir.« Ellis Mutter hob ihre Bettdecke an. Elli schlüpfte darunter und kuschelte sich an ihre Mutter. Mateas Wangen waren feucht.

»Hast du geweint, Mama?«

»Ein bisschen«, gab ihre Mutter zu.

»Ihr streitet meinetwegen, oder?«, sagte Elli traurig.

»Es ist nicht deine Schuld«, sagte ihre Mutter und küsste sie auf den Haaransatz.

»Ist es wegen Noah?«

Matea zögerte. »Ja«, sagte sie dann.

»Ich will nicht, dass ihr streitet, Mama, dann gebe ich Noah zurück. Und auf Klassenfahrt fahre ich auch.«

»Meine Elli«, sagte ihre Mutter und drückte sie fest. »Das musst du nicht, also Noah zurückgeben. So einfach ist es auch gar nicht. Noah hat dich ausgesucht. Ich wäre nur gerne dabei gewesen.

Eine eigene Katze ist ein wichtiger Moment im Leben einer ...« Sie stoppte. »Einer ...«, fing sie wieder an. Dann seufzte sie und sagte schließlich: »Einer jeden Person. Das ist alles. Verstehst du?«

Elli war sich nicht sicher, ob sie verstanden hatte, was ihre Mutter ihr sagen wollte. Sie hatte noch nie davon gehört, dass andere Kinder von ihren Tieren ausgewählt wurden. Für Eva und Matea schien das eine Selbstverständlichkeit zu sein.

»Hat Mihai dich ausgesucht?«

Matea nickte. »Und Nero Tante Eva.«

Elli hätte gerne gewusst, wann das gewesen war und ob Mihai und Nero Geschwister waren und wie lange Katzen eigentlich lebten, aber sie merkte, wie müde ihre Mutter war.

»Darf ich bei dir schlafen, Mama?«

»Gerne«, sagte ihre Mutter. »Morgen ist Samstag, da können wir schön zusammen ausschlafen.«

»Und du streitest nicht mehr mit Tante Eva wegen Noah?«

»Ich streite nicht mit Eva, wir haben nur Meinungsverschiedenheiten«, murmelte Matea. Aber da schlief sie auch schon fast.

Elli konnte noch lange nicht einschlafen. Gerne hätte sie ihr Buch aus ihrem Zimmer geholt, um noch darin zu lesen, aber sie wollte ihre Mutter nicht stören, Also lag sie wach und dachte an Noah und an die Klassenfahrt. Sie sollten alle in ihrem Impfpass nachschauen, ob sie eine frische Tetanusimpfung hätten, weil sie sonst vor der Klassenfahrt noch mal zum Arzt gehen müssten.

Sie hatte keine Ahnung, wo ihr Impfpass war, morgen musste sie danach fragen. Sie hatte versprochen, auf die Klassenfahrt mitzufahren, jetzt durfte es nicht an einer fehlenden Impfung scheitern.

Sie hörte die ruhigen Atemzüge ihrer Mutter, und am Fußende des Bettes schnurrte Mihai. Bald werde ich meinen eigenen Kater haben, dachte Elli glücklich. Und dann war auch sie endlich eingeschlafen.

Als Elli am nächsten Morgen aufwachte, galt ihr erster Gedanke der Klassenfahrt.

»Mama, wo ist mein Impfpass?«, fragte sie ihre Mutter, als sie zusammen am Frühstückstisch saßen. »Den brauch ich für die Klassenfahrt.«

»Der liegt in meinem Schlafzimmer in der untersten Schublade der alten Kommode. Ganz oben auf. Ein kleines, gelbes Büchlein. Das siehst du sofort«, sagte ihre Mutter.

»Okay«, sagte Elli. »Den finde ich.«

»Ich wollte mir noch Blumen kaufen. Willst du nicht mit mir auf den Markt gehen?«, fragte ihre Mutter, aber Elli hatte keine Lust. Sie wollte überlegen, was sie für die Klassenfahrt packen müsste.

Als Matea zum Markt aufgebrochen war, ging Elli in das Schlafzimmer ihrer Mutter. »Ganz unten in der obersten Schublade«, murmelte sie vor sich hin und öffnete die Kommode. Fotoalben lagen da, die Tagebücher, die ihre Mutter schrieb, ein Umschlag mit losen Fotos und Tischkalender von vielen Jahren übereinandergestapelt, aber kein kleines gelbes Buch.

»Oder war es ganz oben in der untersten Schublade?«, überlegte Elli, während sie die Sachen wieder so sortierte, wie sie sie gefunden hatte. Ja, das war es gewesen. Gerade wollte sie die Schublade wieder schließen, da strich sie mit ihrer Hand über einen samtigen Stoff. Was war das denn? Ganz unten in der Schublade lag ein Buch mit schwarzem Samteinband und einer Schließe mit Goldknopf, auf dem mit geschwungenen Buchstaben »Stammbuch« stand. Ellis Herz fing an zu klopfen. Sie wusste, was ein

Stammbuch war. Das hatten sie in der vierten Klasse in Sachkunde durchgenommen, als es um das Thema Flüchtlinge ging.

Dokumente waren in so einem Stammbuch. Urkunden, wie man sie zur Geburt oder zur Hochzeit und zur Taufe ausgestellt bekam. Mit denen konnte man sich ausweisen, wenn man keinen Pass hatte. Frau Linse hatte ihnen erklärt, wie wichtig solche Dokumente wären und wie schwer es Menschen hätten, wenn sie nicht nachweisen könnten, woher sie kämen und wer sie seien.

Elli hatte einen Pass. Den hatte sie gebraucht, als sie mit Eva und Matea letztes Jahr in London war. Dass sie auch ein Stammbuch hatten, darüber hatte Elli noch nie nachgedacht. Neugierig nahm sie das Buch aus der Schublade. Gleich das erste Dokument brachte ihren Herzschlag zum Aussetzen.

GEBURTSURKUNDE
stand auf dem Blatt. Elli las:

Kind
Vorname Elektra
Nachname Schick

Mutter
Vorname Matea
Nachname Schick

Und darunter stand das Unglaubliche:

Vater
Vorname Thomas
Nachname Dr. Fechner

Mit einem Knall schloss Elli das schwarze Buch wieder. Ein zweites Mal knallte es, als die Schublade wieder an ihren Platz zurückrauschte.

Elli zog die unterste Schublade auf. Ganz oben auf lag ein gelbes kleines Büchlein. »Impfpass« stand darauf gedruckt. Darunter stand in Mateas Handschrift »Elektra Schick«. Elli nahm das Buch, schob die Schublade zu und verließ wie in Trance das Schlafzimmer ihrer Mutter. Dass es ein drittes Mal knallte, als sie die Tür ins Schloss fallen ließ, hörte sie nicht einmal.

»Du musst es ihr sagen, sie hat ein Recht darauf, es zu wissen!« Das hatte Eva vor ein paar Tagen zu Matea gesagt. Jetzt war Elli klar, was sie damit gemeint hatte.

5

Zu Besuch bei Henriette

Es war ein herrlich warmer Herbsttag. 23 Grad waren angekündigt. Jetzt, um 11 Uhr morgens, waren es zwar erst 14, aber Elli hatte trotzdem ihren roten Lieblingsrock angezogen.

Elli nahm Tante Evas Hand, während sie nebeneinander herliefen. Sie waren auf dem Weg zu Henriette und Lou. Tante Eva hatte versprochen, sich das Ohr noch einmal anzuschauen.

Eva war mit ihrem kurzen orangefarbenen Kleid genauso sommerlich gekleidet wie Elli. In die Haare hatte sie sich ein rotes Tuch geknotet, und an ihrem Handgelenk bimmelten die vielen Anhänger ihres Bettelarmbands. Sie hatte hohe offene Schuhe an – vielleicht ja zum letzten Mal in diesem Jahr, hatte sie gesagt, – und Elli hatte ihr, bevor sie das Haus verließen, noch die Fußnägel grün lackieren dürfen.

Es war einer der vielen Tage, an denen Tante Eva bester Laune war. Sie hatte schon beim Pfannkuchenbacken am Morgen laut gesungen, und Matea hatte gesagt, dass sie sich auf ein bisschen Ruhe freue, als sie vorhin zu einem Spaziergang aufgebrochen war.

»Erzählst du mir die Geschichte, wie Mama und mein Papa sich getroffen haben?«, fragte Elli, während sie zu Henriette gingen.

»Die olle Kamelle willst du nochmal hören?« Eva wollte nur gebeten werden, das wusste Elli. Eva liebte es, Geschichten zu erzählen, und normalerweise liebte Elli es, ihr zuzuhören. Aber heute ging es um mehr als um eine Geschichte. Nur wusste Tante Eva das nicht.

»Bitte«, sagte Elli und drückte Evas Hand.

»Na, gut.« Tante Eva zwinkerte Elli zu.

»Ach, ich weiß es noch wie heute ...«, sagte sie dann. So fingen fast alle Geschichten von Tante Eva an. Und wie ihre Mutter und ihr Vater sich kennengelernt hatten, das war mit großem Abstand Ellis Lieblingsgeschichte. Oder war es jedenfalls gewesen.

»Wir waren gerade auf Mykonos angekommen.«

»Rhodos«, korrigierte Elli mechanisch.

»Ach ja, genau, Rhodos.« Tante Eva war nicht aus der Ruhe zu bringen. »Wir gingen an den Strand, die Sonne schien, das Meer war türkisblau, und alles war so perfekt, als ob wir einen kleinen Moment im Paradies erwischt hätten.«

Elli wusste auswendig, wie es weiterging. Sie badeten und sonnten sich, bis die Sonne langsam unterging, und dann kam eine Gruppe von Freunden an den Strand. Sie machten ein großes Lagerfeuer und spielten auf der Gitarre. Tante Eva und Matea setzten sich dazu. Sie grillten Hähnchen an langen Spießen und sangen zur Gitarre, und später tanzten sie auch. Der schönste Tänzer und beste Sänger, das war ihr Vater, nur wussten sie es damals noch nicht. Spät in der Nacht war Matea mit ihm in den Dünen schlafen gegangen. Erst am Morgen verabschiedeten die beiden sich. Sie wollten sich am nächsten Abend am Strand wiedersehen. Aber Matea und Eva konnten am nächsten Tag nicht an den Strand kommen. Eva war in der Nacht in einen Seeigel getreten und hatte hohes Fieber bekommen. Die beiden Schwestern mussten ins Krankenhaus gehen. Ein Stachel war in Evas Fuß abgebrochen, und die Wunde war stark entzündet. Zwei Tage und zwei Nächte blieben Matea und Eva im Krankenhaus. Erst als das Fieber endlich weg war, konnten sie das Krankenhaus verlassen, und sie gingen sofort zum Strand. Matea wollte ihren Freund wiedertreffen, aber die Gruppe war nicht mehr da. Drei Abende warteten Eva und Matea am Strand, aber niemand erschien. Zweimal waren sie noch da gewesen, das erzählte ihnen am letzten Abend einer der Surfer, aber dann hatten sie abreisen müssen.

»Es war Schicksal«, seufzte Tante Eva in gewohnter Theatralik. »Es sollte genau so sein. Ein perfekter Abend und als Geschenk dazu die kleine Elli.«

Oh, wie hatte Elli diese Geschichte geliebt, aber ein paar Worte in einem in schwarzen Samt gebundenen Buch hatten sie kaputt gemacht: **Vater** Dr. Thomas Fechner

Pustekuchen: der schönste Tänzer. Pustekuchen: Schicksal. Ihre Mutter wusste, wie ihr Vater hieß, und Eva wusste es sicher auch. Wahrscheinlich hatte es diese Nacht nie gegeben, nicht auf Mykonos und nicht auf Rhodos und auch nicht auf irgendeiner anderen griechischen Insel.

»Du kennst den Weg, oder?«, unterbrach Eva ihre Gedanken.

Elli schaute hoch, sie hatte nicht darauf geachtet, wo sie hinliefen. Jetzt mussten sie umdrehen und an den Anfang der Straße zurückgehen. An Henriettes Haus waren sie schon vorbeigelaufen.

»Alles okay mit dir?«, fragte Eva, bevor sie klingelten.

Elli nickte, obwohl das nicht stimmte.

Henriette machte ihnen die Tür auf, und zwischen ihren Beinen stand Lou. Als er Eva sah, sprang er schwanzwedelnd an ihr hoch. Sie gingen ins Wohnzimmer, und Eva sah sich nach einem Platz um, auf den sie sich setzen konnte. Aber auf allen Sesseln und

Stühlen lagen Zeitungen und andere Papiere. Auch auf dem Tisch türmten sich Stapel mit Büchern und aufgeschlagenen Plänen.

»Wollen wir lieber auf die Terrasse gehen?«, fragte Eva, nachdem sie sich umgesehen hatte. Die Tür stand offen, und die Stühle um den großen Gartentisch schienen frei zu sein.

Aber gerade, als sie sich auf der Terrasse setzen wollten, hörte man von drinnen ein lautes »Au, verdammt!«, gefolgt von einem noch lauteren Scheppern.

»Das ist mein Vater«, erklärte Henriette. »Der versucht, Mittagessen zu kochen.«

»Aua. So ein Scheiß!«, drang es erneut auf die Terrasse heraus.

»Kommt, wir schauen mal nach«, sagte Eva und ging dem Geräusch nach in die Küche. Henriettes Vater stand vor dem Kühlschrank. Als er den Kopf hinter der Tür hervorzog, schrien Henriette und Elli vor Schreck auf. Er hielt sich ein Geschirrtuch vors Gesicht, aber etwas Blut war darunter über seine Stirn und Wange hervorgelaufen und tropfte jetzt auch auf sein weißes Hemd. Zu seinen Füßen lagen Scherben und aus der Pfanne auf dem Herd schlugen Flammen.

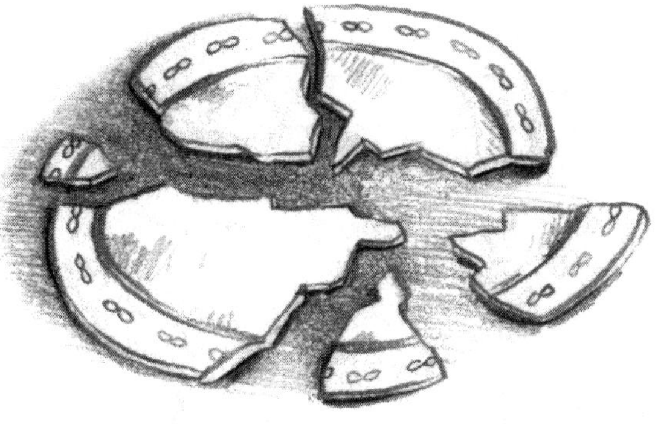

Schneller als Henriette und Elli schauen konnten, war Eva am Herd und hatte die Flammen gelöscht. Dann fand sie im Kühlschrank das Kühlpack, das Henriettes Vater offensichtlich vergeblich gesucht hatte, und drückte es ihm auf die Stirn.

»Holt mal einen Stuhl, bitte«, sagte sie zu den Mädchen. Aber Henriette konnte sich nicht bewegen vor Schreck. Elli lief ins Wohnzimmer, fegte einen Haufen Pläne und Hefter von einem der Stühle und trug ihn in die Küche.

Henriettes Vater setzte sich, und Eva nahm das Kühlpack von seiner Stirn, um sich die Verletzung anzuschauen.

»Platzwunde. Kein Problem, das haben wir gleich.«

Sie wühlte in ihrer Tasche und holte ihre Kosmetiktasche hervor. Neben ihrer Mascara, zwei Lippenstiften, einem Kajalstift, ein paar Haargummis und einem Pfefferminzbonbon kamen endlich auch Jod und eine Art Pflaster zum Vorschein.

»Darf ich?«, fragte Eva ihn.

»Gerne. Danke«, Henriettes Vater schien einigermaßen erledigt zu sein.

Henriette und Elli schauten zu, wie Eva die Wunde reinigte und mit kleinen Pflasterstreifen zuklebte.

»Blutet schon gar nicht mehr«, sagte Henriette erstaunt.

»Na, dann passt es ja.« Eva schien zufrieden mit ihrer Arbeit.

»Was hätte das denn werden sollen?«, fragte sie Henriettes Vater und zeigte auf das Chaos hinter ihm.

»Pfannkuchen«, sagte er kleinlaut.

»Pfannkuchen?«, fragte Henriette fassungslos.

»Die hätte ich uns doch machen können. Ich dachte, du wolltest was kochen?«

Henriettes Vater sagte nichts, er tastete nur vorsichtig nach der Wunde an seinem Kopf.

»Woran hast du dich denn gestoßen?«

Typisch Eva, sie duzte einfach immer alle. Elli war das peinlich, aber Henriettes Vater schien es nicht zu bemerken.

»Dunstabzugshaube«, murmelte er. »Funktioniert zwar nicht, ist aber gemeingefährlich.«

Eva ging zur Abzugshaube. Sie drückte auf einen Knopf und ein Licht ging an, dann drückte sie auf einen weiteren Knopf und ein lautes Rauschen ertönte.

»Die hat spitze Ecken, da reicht es, wenn man leicht dran stößt. Denke nicht, dass das eine Gehirnerschütterung ist. Aber wenn dir in den nächsten vierundzwanzig Stunden schwindelig wird oder du dich übergibst, dann musst du ins Krankenhaus gehen, okay?«

Henriettes Vater nickte ergeben. »Nicht, dass ich dafür wirklich Zeit hätte. Neben Job und Kind. Aber so ist es eben.« Dann sagte er: »Danke. Wirklich, vielen Dank.«

Er streckte Eva seine Hand entgegen. »Ich bin Alexander, der Vater von Henriette.«

»Eva«, sagte Eva und strahlte ihn an. »Ich bin die Lieblingstante von Elli.«

O nein. Bitte nicht, dachte Elli. Sie kannte dieses Strahlen auf Evas Gesicht.

Henriettes Vater stand auf, um Eva die Hand zu schütteln.

»Ich würde mich gerne revanchieren. Auch für Lou«, sagte er. »Den hast du ja auch schon versorgt.« Dann schien er zu zögern. »Oder schreibst du ...? Also, ich bezahle das natürlich auch. Ist ja klar.«

Aber Eva lachte nur über sein Gestotter. »Ne, da schreib ich keine Rechnung. Alles gut. Kannst mich ja mal zum Essen einladen, wenn du willst.«

Elli wäre am liebsten im Boden versunken. Wie peinlich war das denn, dass sich ihre Tante hier selbst zum Essen einlud. Was sollte Henriette denken?

»Und zwar am besten jetzt gleich. Ich sterbe vor Hunger«, sagte Henriette.

Elli drehte sich um und starrte sie an. Henriette schien es überhaupt nicht seltsam zu finden, dass Eva sich zum Essen eingeladen hatte. Elli war erleichtert.

»Von mir aus gern«, sagte Alexander. Zum ersten Mal, seit sie da waren, lächelte er richtig. »Warum nicht? Besser, als hier das Chaos zu beseitigen. Ich muss mir nur ein sauberes Hemd anziehen.«

Und ehe Elli sich versah, saß sie mit Eva, Henriette, Lou und Alexander auf der Straße vor einem kleinen italienischen Lokal und sie bestellten Spaghetti.

»Spaghetti. Heute habe ich nur Spaghetti. Con carne, con pomodoro o con vongole – come volete«, dröhnte Salvatore, und Eva übersetzte: »Heute gibt es nur Spaghetti mit Fleisch oder mit Tomaten oder mit Muscheln. Ganz wie wir wollen.«

Jeder bestellte sich die Spaghetti, die er wollte, und kurz darauf brachte Salvatore ihnen ihre Getränke.

»Also, dann nochmal offiziell vielen Dank, dass du Lou und jetzt auch mich geheilt hast«, sagte Alexander und hob sein Glas. Er und Tante Eva tranken einen Prosecco, Henriette und Elli hatten sich Cola bestellen dürfen.

»Zur Feier des Tages«, hatte Alexander gesagt.

»Auf Lou – und dass er bei uns bleiben kann«, sagte Henriette.

Darauf stießen alle gerne an.

»Tagsüber ist er jetzt versorgt?«, fragte Eva und knabberte an einer Grissini-Stange. Elli nahm sich auch ein Grissini, die waren so lecker, wie große Salzstangen.

»Ja, da kommt Frau Wegner, das ist unsere Nachbarin. Ich glaube, sie freut sich sogar. Dann ist sie auch weniger alleine, meinte sie«, sagte Henriette.

»Und wo ist deine Mutter?«

Elli atmete so heftig ein, dass sie sich an Grissini-Krümeln verschluckte und anfing heftig zu husten. Unbekümmert klopfte ihr Eva auf den Rücken.

»Na, krieg ich da den nächsten Patienten?«, rief sie und lachte dabei so laut, dass sich alle anderen Gäste nach ihnen umschauten.

Elli nahm ihr Cola-Glas und trank es aus. Wenigstens waren jetzt alle abgelenkt, und Henriette musste Evas Frage nicht beantworten, wenn sie nicht wollte. Ein zweites Mal würde noch nicht mal Tante Eva fragen. Das hoffte Elli zumindest.

Aber Henriette antwortete. »Mama ist in der Toskana, erklärte sie Eva. »Sie macht da einen Kurs. Wie man ein Drehbuch schreibt, für einen Film. Ende Oktober kommt sie wieder.«

Elli sah, wie sie unter dem Tisch Lous Kopf streichelte.

»So ist es«, sagte Henriettes Vater und brachte ein Lächeln zustande. »Und bis dahin erfülle ich das Klischee des trotteligen Vaters, der noch nicht mal Pfannkuchen zustande bekommt.«

»Du bist kein Trottel, Papa«, sagte Henriette und lehnte ihren Kopf an seine Schulter. »Und das mit den Pfannkuchen kann Mama auch nicht gut. Das bringe ich dir bei, okay?«

»Okay«, sagte Alexander. Jetzt sah sein Lächeln schon viel besser aus. Dann kamen ihre Spaghetti, sie redeten über Lou und Noah und Tante Eva stellte keine weiteren peinlichen Fragen mehr.

Beim Abschied küsste Salvatore Evas Hand und sagte, dass sie *bellissima* sei und bald wiederkommen solle. Dann knuffte er Alexander auf den Arm und sagte ihm, was er für ein glücklicher

Mann sei mit einer so zauberhaften Frau und zwei so entzückenden Kindern.

Alexander lächelte etwas irritiert. Eva lachte wieder schallend und versprach Salvatore, dass sie sehr bald wiederkommen würden. Und dann schaffte es Eva noch, Alexander ihre Visitenkarten zuzustecken.

»Falls du doch noch Beschwerden hast und nicht gleich ins Krankenhaus gehen willst, ruf mich an. Oder ruf mich einfach so an.«

6

Dr. Thomas Fechner

Als Elli und Eva nach Hause kamen, spielte Philip auf der Straße vor ihrer Haustür Fußball mit einem von Mihais oder Neros Katzenbällen, den er im Vorgarten gefunden haben musste.

»Wollen wir was machen?«, fragte er Elli.

Aber Elli schüttelte den Kopf. Für Philip hatte sie jetzt wirklich keine Zeit: »Ich muss noch das Referat vorbereiten.« Eine bessere Ausrede fiel ihr gerade nicht ein.

»Hä?«, fragte Philip. »Das Referat? Da haben wir doch noch nicht mal die Themen!«

»Ich schon«, schnappte Elli. »Herr Müller hat sie mir gesagt. Nach der Stunde.«

»Verstehe ich nicht. Das sollten wir doch in Gruppen machen.«

Elli hätte Philip am liebsten getreten. Sonst passte er doch nie auf, was im Unterricht besprochen wurde. Jeden zweiten Nachmittag rief er Elli nach dem Fußballtraining an und fragte, was sie aufhatten, und dann schrieb er Einsen in den Arbeiten. Und jetzt, als es ihr am wenigsten passte, war er auf einmal bestens informiert.

»Musst ja nicht alles verstehen. Ich will mich jedenfalls vorbereiten«, brummte Elli.

»Bei diesem Wetter?«, mischte sich Tante Eva ein. »Willst du da nicht draußen spielen?«

»Bei diesem Wetter!«, sagte Elli trotzig. »Leihst du mir deinen Computer?«

Eva zögerte. Es schien Elli, dass sie eigentlich ganz gerne ihre Ruhe haben wollte.

»Eine Stunde Computer, okay? Und dann gehst du raus. Du kannst doch Philip Noah vorstellen, oder?«

Bei dem Gedanken an Noah schlug Ellis Herz höher.

»Willst du Noah kennenlernen?«, fragte sie ihn. Philip wollte nichts lieber als das. Sie verabredeten, dass er Elli in einer Stunde abholen solle.

»Bis gleich«, rief Philip, und weg war er.

»Dann brauche ich jetzt den Computer«, sagte Elli.

Eva holte ihren Laptop und gab ihn Elli. Dann gähnte sie laut, streckte sich und verkündete – wie Elli es schon erwartet hatte – dass sie ein Mittagsschläfchen halten würde. Eva liebte ihre Mittagsschläfchen am Wochenende, und Elli war das gerade sehr recht. Sie musste unbedingt alleine sein. Als sie mit dem Computer auf dem Schoß auf ihrem Himmelbett saß, zitterten ihre Hände.

Sie rief die Google-Seite auf und tippte in das Suchfeld »Thomas Fechner« ein. Sie wartete einen Moment, dann drückte sie mit klopfendem Herzen die Entertaste.

Thomas Fechners gab es unendlich viele. Warum hatte sie daran nicht gedacht?

Fürs NaWi-Referat hatte ihnen Herr Müller gezeigt, wie sie im Internet recherchieren sollen. Aber Suchbegriffe wie *Zyklon*, *Magma* oder auch *Waldsterben* waren eindeutig. Da gab es ein Wort und viele Erklärungen dazu. Aber bei Thomas Fechner gab es tausend verschiedene Treffer und keine einzige Erklärung, bei welchem von diesen Einträgen es sich um ihren Vater handeln könnte.

Elli ging auf die Bildsuche und starrte verzweifelt auf den Bildschirm. Es gab dicke und dünne Thomas Fechners, ältere und jüngere, mit und ohne Brille, und manche sahen nett und freundlich aus, andere grimmig und unfreundlich.

Sie klickte sich durch die erste Seite, dann sah sie am Ende, dass es die erste von 29 Seiten war. Elli seufzte resigniert.

Sie würde Tage brauchen, um sich diese ganzen Thomas Fechners anzusehen. Aber sie hatte nicht tagelang Zeit, noch nicht mal stundenlang. In zwanzig Minuten würde Philip unten stehen und auf sie warten. Heute würde sie nicht erfahren, wie ihr Vater aussah.

Sie war drauf und dran, den Computer wieder runterzufahren, als sie plötzlich einen Thomas Fechner in einem Arztkittel sah. Er war einer der jüngeren Thomas Fechners, einer ohne Brille, der nett lächelte. Einen Moment starrte Elli auf den Bildschirm. Dann klickte sie auf das Bild und es vergrößerte sich. »Zahnarztpraxis Dr. Thomas Fechner« stand auf einem Schild hinter dem Mann. Er hatte kurze schwarze Haare und trug unter dem offenen Kittel ein grünes Polo-Shirt. Eigentlich sieht er ganz nett aus, dachte Elli, dann stockte ihr der Atem. War das nicht ...?

Doch, das war es. Auf seinem linken Wangenknochen sah man ein kleines Muttermal. Elli fuhr sich mit der Hand ins Gesicht und tastete nach der winzigen Erhöhung kurz unter ihrer Schläfe. Es gab keinen Zweifel: Dieser Thomas Fechner im Internet hatte genau das gleiche kleine Muttermal wie Elli selbst. Elli hatte ein leises Rauschen in den Ohren, als sie auf die Website klickte, zu der das Bild gehörte. Da standen die Öffnungszeiten der Praxis und auch eine Adresse: Waldmeisterstraße 16 in Hamburg.

War es möglich, dass Elli so leicht ihren Vater gefunden hatte? Elli betrachtete das Bild genauer. War das überhaupt ihr Vater? Sportlich sah er aus und ernsthaft trotz des Lächelns. Nicht wie einer, der mit einer Gruppe von Freunden nach Rhodos oder Mykonos fährt, um Gitarre zu spielen und am Strand zu singen und zu tanzen.

Ob irgendetwas an dieser Geschichte stimmte, die ihre Mutter und Tante Eva ihr immer erzählt hatten? Elli fing an zu weinen. Sie konnte die Tränen nicht unterdrücken. Sie quollen unter ihren Augenlidern hervor und strömten über ihre Wangen, Elli konnte nichts tun, um sie aufzuhalten.

Sie weinte so sehr, dass sie nicht hörte, wie Philip ins Zimmer kam. Sie sah ihn erst, als er direkt neben ihrem Bett stand.

»Ich geh mal besser wieder«, sagte er und wollte sich schon umdrehen.

Aber Elli wollte nicht alleine sein. Schnell wischte sie sich die Tränen aus den Augen: »Bleib hier. Ich muss dir was zeigen.«

Sie drehte den Rechner so, dass Philip den Bildschirm sehen konnte, und zeigte auf das Foto.

»Ach, du hast Zahnschmerzen!« Philip schien sehr erleichtert. Tränen wegen Zahnschmerzen, damit konnte er umgehen. Weinende Mädchen waren sonst nicht seine Spezialität.

Elli schüttelte den Kopf. Wie sollte Philip es auch verstehen, sie verstand es ja selbst nicht. Aber sie konnte auch nicht sprechen, um es ihm zu erklären, weil sie schon wieder Tränen runterschlucken musste. Sie tippte sich auf das Gesicht, genau auf ihr kleines Muttermal, dann tippte sie auf den Bildschirm. Auf das Muttermal von Thomas Fechner, auf dem jetzt ein kleiner feuchter Fleck von ihrem Finger war.

Philip schaute von Elli zum Bildschirm und wieder zurück.

»Heilige Scheiße«, sagte er, und dann sagte er eine ganze Weile nichts, sondern las sich die Website durch. Er hatte Elli den Computer weggenommen und sich neben sie aufs Bett gesetzt. Elli saß wie gelähmt da und schaute ihm zu.

»Da ist ein Lebenslauf«, sagte Philip nach einem Moment. »Thomas Fechner – 2001 bis 2006 Studium in Berlin, 2007 Umzug nach Hamburg, Eröffnung der eigenen Praxis«, las er vor.

»In dem Jahr bin ich geboren.« Ellis Stimme klang ganz anders durch die Tränen hindurch. Sie wunderte sich selbst darüber.

Philip nickte, das hätte er auch noch gewusst, er war im selben Jahr geboren. Nur sechs Monate früher.

»Es ist nicht nur das Muttermal«, sagte er, »ihr seht euch überhaupt ähnlich. Die Augen und so und das Lächeln.«

Elli richtete sich auf und schaute auf den Bildschirm. Alles, was sie sah, war ein fremder Mann mit ihrem Muttermal im Gesicht. Ein Mann, der nie was mit ihr zu tun haben wollte, und mit dem sie auch nichts zu tun haben wollte. Oder?

Elli nahm Philip den Computer weg und klappte ihn zu. »Lass uns zu meiner Katze gehen. Am liebsten würde ich das alles wieder vergessen.«

»Wie du meinst«, sagte Philip und stand auf.

Den Weg von Ellis Haus bis zum Maulbeerweg liefen sie schweigend nebeneinander her. Als sie bei Frau Belze klingelten, der kleine Noah ihr entgegenlief und schnurrend seine Runden um ihre Beine strich, dachte Elli auf einmal wirklich nicht mehr an ihren Vater Thomas Fechner.

»Ist der niedlich!« Philip kniete sich auf die Türschwelle und streichelte Noah.

Elli war so stolz, dass Noah bald zu ihr gehören würde.

Noahs Fell war rot getigert, nur auf der Stirn hatte er einen weißen Fleck, der fast so aussah wie ein Stern. Mit seiner kleinen feuchten Nase schnupperte er an Ellis und Philips Händen. Beate Belze gab ihnen ein paar Katzenleckerlis. Und als Noah alles aufgegessen hatte, leckte er mit seiner rauhen, rosa Zunge Ellis Finger sauber.

»Das kitzelt so«, kicherte Elli.

Philip hielt Noah auch seine Finger hin. »Ich wünsche mir auch eine Katze«, seufzte er. »Aber meine Mutter hat eine Katzenhaar-Allergie. Als ob das was ausmachen würde, ist ja sowieso nie da.«

»Du kannst kommen und Noah sehen, wann immer du willst«, sagte Elli großzügig, aber natürlich wussten beide, dass das nicht das Gleiche war.

Sie spielten mit Noah, bis er sich auf Ellis Schoß zusammenrollte und einschlief.

Vorsichtig trug Elli den schlafenden Noah in sein Körbchen zurück. Seine Geschwister schliefen ebenfalls, und Noah wachte nur ganz kurz auf, um sich zwischen ihnen einzukuscheln.

»Schlaf gut, mein Noah«, flüstere Elli und betrachtete ihr Kätzchen verliebt.

»Nächste Woche kannst du ihn abholen«, tröstete Beate sie. »Komm, ich zeig dir noch, was du für ihn besorgen musst.« Dann zeigte sie Elli und Philip das richtige Futter für kleine Katzen.

»Alles andere sucht er sich selbst, oder Mihai und Nero helfen ihm. Ein Körbchen braucht er auch nicht, er wird am liebsten bei dir im Bett schlafen.«

Elli wurde ganz kribbelig vor Vorfreude auf ihre kleine Katze, die sich ab nächster Woche abends ein weiches Plätzchen am Ende ihres Bettes suchen würde, so wie es Mihai und Nero bei Matea und Eva taten.

»Nur wenn du auf Klassenfahrt bist, ist er alleine«, sagte Philip als sie nach Hause gingen.

Oje, die Klassenfahrt. Wieso musste Philip sie daran erinnern? Wie konnte es nur gleichzeitig so viel Glück wie eine eigene kleine Katze und solche schrecklichen Sachen wie die Klassenfahrt und einen unbekannten Vater geben.

»Nach Hamburg«, sagte sie plötzlich und blieb ruckartig stehen. Philip, der auf den Boden nach dem Stein, den er vor sich her kickte, geschaut hatte, stieß mit ihr zusammen.

»Aua.« Elli rieb sich den Hinterkopf. Philip rieb sich das Kinn. Wann war Philip eigentlich fast einen Kopf größer geworden als sie? Waren sie in der Grundschule nicht gleich groß gewesen? Aber das war jetzt egal. Was nicht egal war, war, dass die Klassenfahrt nach Hamburg ging. Wo ihr Vater wohnte.

»Hamburg ist groß«, versuchte Philip sie zu beruhigen, aber so einfach war das nicht.

»Nicht groß genug für uns zwei. Ich will nicht nach Hamburg«, erklärte Elli bestimmt.

»Wenn ich du wäre, würde ich hinfahren und ihn mir zumindest mal anschauen. Bist du gar nicht neugierig?«, fragte Philip.

Neugierig ist das falsche Wort, dachte Elli. Neugierig ist positiv. Sie war neugierig, wie es Noah bei ihr gefallen würde. Sie war neugierig, welches Referatsthema Herr Müller ihnen geben würde. Neugierig war man, wenn man eigentlich dachte, dass es gut oder zumindest spannend und interessant werden würde. Was sie von einem Treffen mit ihrem Vater erwarten sollte, davon hatte Elli nicht die leiseste Vorstellung.

»Er scheint nicht neugierig gewesen zu sein. Zehn Jahre lang nicht«, sagte sie finster zu Philip.

»Vielleicht weiß er gar nicht, dass es dich gibt und dass du seine Tochter bist.«

Elli überlegte. An diese Möglichkeit hatte sie noch gar nicht gedacht, aber Philip hatte recht. Es konnte sein, dass ihr Vater nicht wusste, dass er eine Tochter hatte. Vielleicht würde er sich sogar freuen? Das würde dann aber heißen, dass ihre Mutter nicht nur Elli angelogen hatte, sondern auch ihren Vater.

»Ich kann mir nicht vorstellen, dass Mama ihm seine Tochter und mir meinen Vater verschweigt. Das würde sie doch nicht machen. Das wäre so gemein, und Mama ist nicht gemein.«

Philip stimmte ihr zu. Nein, gemein war Ellis Mutter wirklich nicht.

»Also«, triumphierte Elli, »er muss der Fiesling sein. Er wollte keine Tochter. Und jetzt soll ich ihn kennenlernen wollen?«

Sie waren bei Elli zu Hause angekommen.

Philip zuckte mit den Achseln. »Wie du meinst. Ich geh dann auch mal nach Hause«, sagte er, nachdem er auf seinem Handy nach der Uhrzeit geschaut hatte. »Vielleicht gibt es zur Abwechslung bei uns mal ein Abendessen.«

Bei Elli zu Hause gab es Abendessen. Ihre Mutter hatte gekocht, Wienerschnitzel mit selbstgemachten Pommes und Gurkensalat. Eigentlich aß Elli kein Fleisch, nur für Wienerschnitzel machte sie ab und zu eine Ausnahme, und Mamas selbstgemachte Pommes waren Weltklasse. Aber heute Abend hatte Elli noch nicht mal Appetit auf Pommes.

Während sie das Essen auf ihrem Teller von links nach rechts schob, beobachtete sie ihre Mutter und ihre Tante. Sie redeten über einen Hund, dem es nicht gut ging, aber Matea konnte nicht herausfinden, was ihm fehlte. Wenn sie über die Praxis und ihre tierischen Patienten redeten, vergaßen Eva und Matea alles und alle um sich herum. Deshalb galt eigentlich die Regel, dass beim Abendbrot nicht über die Arbeit geredet werden durfte. Aber Eva und Matea brachen diese Regel öfter, als sie sich daran hielten. Außerdem hörte Elli normalerweise gerne zu, wenn es um heisere Papageien, heimwehkranke Schildkröten oder Rennmäuse mit gebrochenen Hinterbeinen ging.

Aber heute achtete Elli weniger auf das, was besprochen wurde, sondern eher darauf wie sich Eva und Matea miteinander verständigten. Kaum sagte Eva: »Kann ich bitte ...«, schon schob Matea ihr das Salz rüber. Wenn Matea sagte: »Ich hätte gerne ...«, stand Eva auf und schenkte ihrer Schwester ein Glas Wein ein.

Und wenn Matea sagte: »Die Schildkröte ...«, vervollständigte Eva den Satz mit »... bräuchte einfach mehr Rotlicht. Es ist ihr hier zu kalt, da muss die kleine Lucy mehr drauf achten.« Und dann nickten beide.

Es gab die Abende mit Meinungsverschiedenheiten, aber die meisten Abende verliefen wie dieser, und Matea und Eva waren ein eingespieltes Team.

Heute fühlte sich Elli dabei auf einmal ausgeschlossen. Sie hörte nicht weiter zu, worüber Matea und Eva redeten, sondern hing ihren eigenen Gedanken nach.

Vielleicht war ihr Vater nicht der Fiesling. Vielleicht waren auch Matea und Eva keine Fieslinge. Sie hatten vielleicht einfach gedacht, dass Elli keinen Vater bräuchte, wenn sie eine Mutter und eine Tante hatte. Wenn Elli ehrlich war, hatte ihr ein Vater auch nie gefehlt. Wenn sie sich einsam gefühlt hatte, dann hatte sie sich immer nach einer Schwester gesehnt, wie Eva sie für Matea war. Bis zu dem Moment, in dem sie in dem schwarzen Samtbuch gelesen hatte, dass es einen Vater gab, der ihr fehlen könnte.

Je länger Elli darüber nachdachte, desto sicherer war sie sich. Ihr Vater wusste nicht, dass es sie gab. Eva und Matea hatten ihm nichts von ihr erzählt. Wenn sie wollte, dass er von ihr erfahren sollte, dann würde Elli es selbst machen müssen.

Sie spießte eine Riesengabel voll Pommes auf und fing an zu essen.

7

Noah zieht ein

Gleich in der ersten Stunde am Montagmorgen gab es eine Überraschung. Herr Müller schrieb sechs Themen für Referate an die Tafel: »Löwen, Pinguine, Orang-Utans, Giraffen, Elefanten, Zebras« stand dort sauber untereinander.

»Wir machen einen Projekttag im Zoo«, verkündete Herr Müller. »Und zwar nicht im Berliner Zoo, sondern im Tierpark Hagenbeck in Hamburg.«

Herr Müller hatte den Satz kaum zu Ende gesprochen, da brach in der Klasse das totale Chaos aus.

»Kommen Sie mit nach Hamburg? Herr Müller kommt mit auf Klassenfahrt«, schrien alle durcheinander, bis sich ein Chor bildete »Herr Müller kommt mit. Herr Müller kommt mit.« Dazu stampften sie im Takt mit den Füßen.

Herr Müller wurde rot und lächelte. Er nahm seine Brille ab und steckte sie in seine Hosentasche.

»Ja, ich komme mit auf die Klassenfahrt«, bestätigte er.

»Juchu«, schrien alle. Leon schmiss vor Freude sein NaWi-Buch so hoch, dass es auf Josefines Kopf landet. Herr Müller drehte sich zur Tafel weg, es sah fast so aus, als müsste er ein Lachen unterdrücken, dann drehte er sich zur Klasse zurück.

»Jetzt kehrt mal wieder Ruhe ein«, sagte er. »Wenn ich meine Brille finden würde, dann könnten wir auch weitermachen.« Er blickte sich suchend um.

»In Ihrer Hosentasche!«, rief Elli, und alle kicherten.

»Schluss jetzt«, sagte Herr Müller und zog seine Brille aus der Hosentasche.»Sonst überlege ich es mir noch mal mit Hamburg.«

Aber er grinste, und sie wussten, dass er nur einen Scherz gemacht hatte. Dann erzählte er von dem Projekt, das er für sie geplant hatte: »Wir gehen am Dienstag in Hamburg in den Zoo. In Gruppen von jeweils vier Schülern könnt ihr dort euer Referat vorbereiten. Es geht dabei nicht einfach um die Tierarten, sondern um die Tiere, die in Hamburg tatsächlich leben. Zum Beispiel, wie viele Löwen leben im Tierpark Hagenbeck, seit wann sind sie da, sind sie dort geboren, wie heißen sie, wie sieht ihr Gehege aus und so weiter. Das sind alles Fragen, die ihr nur dort beantworten und euch nicht im Internet herunterladen könnt.«

Bis Mittwoch bekamen sie Zeit, sich in Gruppen von vier Schülern zusammenzutun. Das war das Einzige, wovor Elli ein bisschen mulmig war. Aber sie hatte sich zu Unrecht Sorgen gemacht.

In der großen Pause fragte Henriette sie, ob sie mit ihr und Toni in einer Gruppe sein wollte.

»Darf ich auch noch bei euch mitmachen?«, fragte Philip, der plötzlich hinter ihnen stand.

Elli zögerte und schaute sich nach Josefine um, aber die stand mit ihrem Handy am Ohr da und schien sich auf das Gespräch zu konzentrieren. »Gerne«, hatte Henriette da auch schon gesagt und Toni schien auch nichts dagegen zu haben.

Elli war erleichtert. Sie hatte eine Referatsgruppe, und ihr Lieblingslehrer Herr Müller fuhr mit auf Klassenfahrt, so dass sie nicht mit der schrecklichen Frau Sauter alleine fahren mussten.

Und dann fiel ihr noch etwas ein, das sie in der letzten Stunde fast vergessen hatte und was noch schöner war als alle anderen Sachen zusammen.

»Heute Nachmittag hole ich Noah ab.«

Henriette und Toni beendeten augenblicklich ihren Streit darüber, ob Orang-Utans oder Löwen das coolere Referatsthema wären.

»Oh, du hast es so gut.«

»Der ist bestimmt so süß ...«

»Dürfen wir dich mal besuchen kommen?«

Sie verabredeten sich für Mittwochnachmittag bei Elli.

»Ich muss nur meine Mutter fragen«, fügte Toni hinzu.

Philip konnte erst nach dem Training kommen, aber Elli war es recht. Am liebsten wäre es ihr gewesen, wenn Henriette alleine gekommen wäre.

Diesmal saßen Matea und Eva zusammen auf der krummen, alten Gartenbank vor dem Haus, als Elli von der Schule nach Hause kam. Sie wollten Noah gemeinsam mit Elli abholen. Die Sonne schien, und für einen Herbsttag war es wunderbar warm. Die Absätze von Evas hohen, offenen Schuhe klapperten lustig auf der Straße. Elli ging zwischen Matea und Eva, und eigentlich hätte sie sie gerne beide an der Hand genommen, aber dann kam sie sich doch zu alt dafür vor. Da griffen auf einmal Matea und Eva gleichzeitig nach ihren Händen.

»Mal schau'n, ob es noch klappt«, rief Eva. Und schon ließen sie Elli zu »Engelchen, Bengelchen flieg« in die Luft fliegen.

Elli schrie auf vor Freude und vor Schreck gleichzeitig. Ganz leicht fühlte sich das an. Wirklich ein bisschen wie Fliegen, dachte sie, als sie zum zweiten Mal durch die Luft sauste.

»Jetzt ist gut«, sagte Matea schließlich. »Ich bin außer Puste. Und die Leute schau'n schon«, sagte sie dann und lachte. Auf der Straße vor ihnen saß ein Rauhaardackel und zog ein schiefes Gesicht.

Elli, Eva und Matea kicherten.

»Der kann nicht anders schauen«, meinte Eva.

»Wie Frau Sauter, die kann auch nur schauen wie ein Sauertopf«, sagte Elli.

»Sautertopf«, kicherte Eva, und dann standen sie bei Beate Belze vor der Tür. Elli betrachtete die kleine Tür im Zaun, mit dem Efeu und dem Namensschild mit der verschnörkelten Schrift darauf. Sie nahm sich fest vor, sich diesen Moment und dieses Bild zu merken. Wie sie mit Eva und Matea vor der Tür von Frau Belze stand und gleich ihre eigene kleine Katze bekommen und nie im Leben mehr ganz allein sein würde. Diesen Moment der Vorfreude wollte sie festhalten, damit sie daran denken könnte, wenn sie das nächste Mal traurig wäre. Denn solche schönen Momente vergingen so schnell.

»Komm, wir gehen rein«, sagte ihre Mutter und nahm sie bei der Hand. Im Haus warteten Beate und Noah bereits auf sie. Noah bekam von Beate eine selbstgestrickte Katzendecke mit vielen bunten Karos zum Abschied.

»Ob er weiß, dass er sich von seinen Geschwistern verabschieden muss?«, fragte Elli Beate. Sie hatte Angst, dass Noah der Abschied vielleicht schwerfallen würde.

»Ich glaube, das hat er schon getan«, beruhigte Beate sie. »Mach dir nicht zu viele Gedanken. Im Grunde sind Katzen Einzelgänger. Noah braucht vor allem dich. Außerdem hat er ja Mihai und Nero. Aber glücklich wäre er auch ohne sie.«

Noah schnurrte und rieb wie zur Bestätigung seinen Kopf an ihren Beinen. Dann ging er langsam ein paar Schritte zurück, hockte sich hin und setzte zum Sprung an. Noch bevor Elli verstanden hatte, was Noah wollte, war er schon auf ihren Oberschenkel gesprungen und von dort aus mit seinen Krallen in dem Stoff ihrer Jeans zum Oberteil ihrer Latzhose geklettert. Dort angekommen, kuschelte er sich zwischen ihrem T-Shirt und dem Latz ein.

Elli hatte vor Schreck aufgeschrien, die Krallen waren ganz schön scharf auf ihrer Haut unter der Hose. Aber einen Moment später lachte sie vor Glück. Es sah so süß aus und fühlte sich so wunderbar vertraut an, auch wenn es heute zum ersten Mal passierte, wie Noah sich bei ihr hinter dem Hosenlatz eingekuschelt hatte.

»Ich nehme an, Noah will so mit euch mitgehen«, sagte Beate und lächelte. »Ihr müsst eure kleine Reisetasche wieder leer zurücktragen.«

»Es scheint, als sei er wirklich bereit zum Aufbruch«, sagte Eva. »Na, kommt, dann ziehen wir mal los. Tschüss, Beate. Danke dir und bis bald.«

Beate umarmte Matea und Eva zum Abschied. Elli streckte sie ihre Hand entgegen: »Pass gut auf Noah auf, Elli.« Dann streichelte sie Noahs kleines rotes Köpfchen, das hinter dem Hosenlatz hervorschaute, und sagte: »Pass gut auf Elli auf, Noah. Kommt mich mal besuchen.«

Elli trug Noah vorsichtig in ihrem Hosenlatz nach Hause. Immer wieder musste sie anhalten, weil sie kichern musste, denn wenn es beim Laufen zu stark schwankte, fuhr Noah seine kleinen Krallen aus und hielt sich mal am T-Shirt, mal an der Hose und meistens auch auf ihrer Haut ein wenig fest.

»Tut dir das nicht weh?«, fragte Ellis Mutter sie.

Aber Elli schüttelte den Kopf. »Nein, es fühlt sich schön an. Ich fühl mich so lebendig und glücklich wie noch nie.«

Matea und Eva tauschten einen Blick aus und lächelten einander zu.

»Dann passt es ja«, sagten beide wie aus einem Munde.

Von Meinungsverschiedenheiten war auch heute keine Spur. Aber Elli fühlte sich nicht ausgeschlossen. Sie hatte jetzt Noah, und Beate hatte gesagt, dass sie für ihre Katze die allerwichtigste Person wäre. Was hätte schöner sein können?

Am frühen Abend kam Philip. Er sagte, dass er es nicht ausgehalten hätte bis Mittwoch. Sie saßen einander gegenüber auf Ellis Bett, die Füße bildeten eine Raute mit denen des anderen, und sie rollten einen kleinen Katzenball, den Philip für Noah mitgebracht hatte, darin hin und her. Noah vollführte lustige Sprünge, während er versuchte, den Ball zu fangen.

Aber Philip hatte noch ein anderes Thema als Noah. »Mensch, Elli, mit dem Tierpark in Hamburg, das ist doch die Chance für dich, eine Stunde zu verschwinden und deinen Vater zu besuchen.«

Elli schwieg. Sie wünschte sich, dass Philip nicht jetzt von ihrem Vater angefangen hätte, wo sie gerade so glücklich mit ihrer kleinen Katze war.

»Ich hab schon im Internet auf dem Stadtplan nachgeschaut. Die Waldmeisterstraße ist ganz in der Nähe vom Zoo. Du gehst da einfach hin, setzt dich ins Sprechzimmer und sagst, dass du Zahnschmerzen hast.«

»Du hast schon auf dem Stadtplan nachgeschaut, wo er wohnt?«

»Ja, das ist doch spannend.«

»Krass«, sagte Elli. Irgendwie ging ihr das zu schnell.

»Wir decken dich! Natürlich müssen wir Toni und Henriette in unseren Plan einweihen. Wir können einen Codenamen verwenden, wenn wir darüber reden.«

»Hallo, spinnst du?« Elli tippte sich mit dem Finger an die Stirn. »Das ist kein Fernsehkrimi mit verdeckten Ermittlern. Das ist mein Leben.«

Erst maunzte Noah erschrocken bei Ellis heftiger Reaktion, dann plusterte er sich auf, machte einen Mini-Katzenbuckel und fauchte Philip böse an. Der kleine, zornige Noah sah so niedlich aus, dass Elli und Philip lachen mussten.

»Komm her, süßer Noah«, sagte Elli und streckte behutsam die Hand nach ihm aus, aber Noah war beleidigt und rollte sich unter der Katzendecke von Beate ein.

Es brauchte viel Locken und Schmeicheln und schließlich noch ein Katzenleckerli, bis Noah endlich wieder versöhnt war und friedlich auf Ellis Schoß einschlief.

»Ich geh dann mal«, sagte Philip und stand auf. »Aber versprich mir, dass du es dir wenigstens überlegst. Wer weiß, wann du wieder nach Hamburg kommst. Es ist wirklich die perfekte Gelegenheit.«

Er hatte schon Ellis Zimmertür hinter sich zugezogen, als er es sich nochmal anders überlegte. Er öffnete die Tür so weit wieder, dass er gerade seinen Kopf reinstecken konnte, und sagte: »Ich habe auch einen Codenamen: *Operation Waldmeister.*«

Elli warf ihm ein Kissen hinterher, aber er hatte schon die Tür hinter sich geschlossen.

8

Klassenfahrt nach Hamburg

Am Mittwochnachmittag hatte Philip, wie angekündigt, Henriette und Toni eingeweiht. Jetzt saßen sie zu viert auf Ellis Himmelbett mit Noah in ihrer Mitte. Die blauen Vorhänge mit den weißen Sternen waren zugezogen. Die *Operation Waldmeister* wurde heiß diskutiert.

»Philip hat recht, ich würde ihn auch suchen gehen, wenn ich du wäre. Man muss doch wissen, warum einer geht und die anderen verlässt.« Henriette schaute Elli traurig an.

»Meinst du deine Mutter?«, fragte Philip.

Elli boxte ihn in die Seite. Typisch Philip. Das konnte er doch nicht einfach so fragen. Aber Henriette nickte und schluckte.

Toni nahm ihre Hand. »Sei nicht traurig. Deine Mutter kommt wieder. Ganz bestimmt.«

»Und sonst gehen wir sie auch suchen«, sagte Philip. »Das wird dann *Operation Toskana*.«

Alle sahen sich an und mussten jetzt lachen, auch wenn Elli immer noch mulmig zumute war. Irgendwie war es beschlossene Sache, dass sie ihren Vater in Hamburg suchen sollte. Philip hatte bereits alles genau geplant, und Toni und Henriette waren begeistert von der *Operation Waldmeister*.

»Wollt ihr was zu essen haben?« Ellis Mutter streckte ihren Kopf zur Tür rein. »Schokomuffins?«

»Gerne«, sagte Toni für alle, und Ellis Mutter schob das Tablett zwischen den Vorhängen durch.

»Du hast echt eine coole Mutter«, sagte Henriette, als Ellis Mutter wieder verschwunden war. »Ich dürfte keinen Kuchen im Bett essen.«

»Das stimmt schon«, sagte Elli.

»Coole Mutter mit dunklem Geheimnis«, sagte Philip düster.

Alle kicherten, und Elli lachte mit ihnen. Mit Freunden war alles lustiger als alleine.

Am Tag der Abreise fiel Elli der Abschied von Noah unendlich schwer. Sie hatte sich den Wecker eine Stunde früher gestellt als nötig und Noah beim Schlafen beobachtet. Er war so irrsinnig süß, wie er da eingerollt lag, am Fußende ihres Bettes auf seiner Katzendecke. Er schnurrte, und sein kleines rosa Näschen zuckte im Schlaf, so dass die langen, weißen Schnurrbarthaare mitzuckten. Auf seinen feinen, hellen Ohren wuchsen lustige rote Haarbüschelchen. Elli streichelte ihn dort, bis er schließlich gähnend aufwachte, sich streckte und zur Begrüßung ihre Finger leckte.
»Nur vier Tage«, flüsterte sie ihm zu, und Noah schien zu nicken.

»Mihai und Nero passen auf dich auf.«

Mihai und Nero kümmerten sich wirklich süß um ihn. Wenn Elli aus der Schule kam, war immer einer von ihnen bei Noah. Manchmal spielten sie auch zu dritt im Garten. Wenn Elli kam, trollten sich die anderen und gingen ihrer eigenen Wege. Beate hatte recht, Katzen machten gerne, was sie wollten, und allein. Noah würde sie vielleicht vermissen, aber nicht so sehr wie sie ihn.

»Fertig?« Ihre Mutter streckte den Kopf zur Tür rein, und Elli schreckte hoch. Sie war noch einmal eingeschlafen, mit Noah im Arm, der jetzt auch wieder aufgewacht war.

»Gleich«, rief sie. Jetzt musste alles schnell gehen, und irgendwie war es so auch einfacher, Noah allein zu lassen.

Matea und Eva begleiteten sie gemeinsam zum Bahnhof. Mit der U-Bahn brauchten sie nur wenige Stationen bis zum Zoologischen Garten. Auf dem Bahnsteig ging Elli zwischen Eva und Matea und hielt beide an den Händen. Erst als sie die Rolltreppe rauffuhren und dann zum Ausgang Hardenbergplatz gingen, von wo aus ihr Bus abfahren sollte, ließ sie sie wieder los. Bei den meisten Kindern waren beide Elternteile mitgekommen. Mascha und Leon waren nur mit ihren Müttern da, und bei Henriette stand ihr Vater. Philip und Josefine schienen ganz alleine zu sein.

»Ist deine Mutter ’ne Lesbe?«, zischte Josefine Elli zu, als sie mit Matea und Eva an ihr vorbeiging.

Elli seufzte, das ging ja gut los. Sie hätte sich denken können, dass von Josefine ein doofer Kommentar kommen würde. Aber es wurde gleich noch besser.

»Huhu, Alexander«, rief Eva über die ganze Menschenansammlung hinweg und bahnte sich dann ihren Weg durch Kinder, Eltern und Koffer, um Alexander zu umarmen und ihm zwei sehr laute Luftküsse links und rechts an den Wangen vorbei zu geben.

Elli hatte das Gefühl, als würden alle diese Szene beobachten. Eva war, auch wenn sie nicht laut »huhu« rief, kaum zu übersehen. Wie so oft trug sie ein rotes Tuch in den sowieso schon sehr roten Haaren, und mit ihren hohen Stiefeln war sie größer als die meisten anderen Erwachsenen in der Gruppe.

Aus den Augenwinkeln sah Elli Josefine und ihr hämisches Grinsen. Eigentlich müsste Elli daran gewöhnt sein, dass Eva immer lauter und bunter war als alle anderen. Aber vor ihrer neuen Klasse war es ihr trotzdem peinlich, so sehr sie ihre Tante auch liebte. Am besten sollte sie einfach im Bus verschwinden.

»Tschüss, Mama«, sagte Elli und winkte ihrer Mutter schüchtern zu. Matea verstand, dass Elli nicht vor den anderen umarmt werden wollte.

»Sag Tante Eva auch Tschüss von mir, okay?«

Matea nickte, und dann ging Elli doch schnell zu ihrer Mutter hin und umarmte sie.

»Tschüss, Mama«, sagte sie nochmal.

»Tschüss, Elektra«, sagte ihre Mutter.

»Ich hole dich ab.«

An der Art, wie Matea das »ich« betonte, merkte Elli, dass sie ohne Eva kommen würde. Ihre Mutter zwinkerte ihr zu, und Elli zwinkerte zurück, und dann stieg sie in den Bus und setzte sich in die Bank hinter Toni und Henriette. Dabei drückte sie in ihrer Tasche fest den kleinen Katzenball von Noah, den sie als Glücksbringer mitgenommen hatte. Es war egal, wenn sie hier alleine sitzen würde. In ihrem Rucksack war ihr Buch, das konnte sie rausnehmen und lesen, oder sie konnte versuchen zu zeichnen, ihr Manga-Malbuch hatte sie auch mitgenommen. Und in vier Tagen würde sie wieder zu Hause und bei Noah sein.

Außerdem blieb sie gar nicht alleine sitzen. Ohne zu fragen, ließ sich Philip auf den Sitz neben ihr fallen. Es dauerte keine Minute, da hatte sie Josefine entdeckt.

»Ach, schau mal an, wer da schon wieder zusammen kuschelt.«

Sofie und Mascha kicherten begeistert, wie zu allen Sprüchen von Josefine.

»Macht euch nichts draus«, Henriette drehte sich auf der Bank vor ihnen um und spähte durch den Spalt zwischen den Sitzen, »die ist nur eifersüchtig.«

Eifersüchtig, so ein Quatsch, dachte Elli. Aber dann vergaß sie Josefine, denn Toni, Philip, Henriette und sie hatten ganz andere Themen. Schließlich mussten sie ihr Referat vorbereiten, und alle wollten hören, wie es Noah ging, und später erzählte Henriette von Lou.

Es war Herr Müller, dem es schließlich mit Josefines Sprüchen reichte. »Wenn du jetzt nicht sofort aufhörst, Josefine, dann sitzt du für den Rest der Fahrt im Gepäckraum.«

»Das dürfen Sie gar nicht! Das sag ich meinen Eltern!«

»Gute Idee«, sagte Herr Müller. »Mit deinen Eltern wollte ich schon lange mal reden.«

Josefine schwieg.

»Was meint er denn damit?«, fragte Elli leise Philip.

»Die fälscht die Unterschriften ihrer Mutter, wenn sie eine schlechte Note hat«, sagte Philip in voller Lautstärke.

»Pst ...«, sagte Elli.

»Die Arme, wenn sie zu Hause die Klassenarbeiten nicht zeigen kann«, sagte Henriette. Und Elli fand, dass Henriette recht hatte.

»Ich fälsche die Unterschriften auch«, sagte Philip gelassen in genau der gleichen Lautstärke.

»Aber nicht, weil du schlechte Noten hast«, flüsterte Elli immer noch.

Philip schrieb immer gute Noten. Nur hatten seine Eltern nie Zeit, sich die Arbeiten anzuschauen.

»Du kannst ihr ja mal Nachhilfe geben«, sagte Elli.

»Spinnst du jetzt total?«, fragte Philip.

Elli antwortete ihm nicht. Wahrscheinlich spinne ich total, dachte sie. Aber nicht wegen Josefine, sondern, weil sie sich von Philip überreden lassen hatte, ihren Vater zu suchen.

9

Operation Waldmeister

Elli hatte sich weder auf dem Bett, als sie zum ersten Mal von der *Operation Waldmeister* gehört hatte, noch im Bus oder später im Gemeinschaftsraum der Jugendherberge Buchholz vorstellen können, dass sie diesen Plan wirklich in die Tat umsetzen würde.

Aber jetzt war sie mitten drin in der *Operation Waldmeister*. Elli war nassgeschwitzt und verzweifelt. Es war heiß für Oktober, die Sonne strahlte an einem wolkenlos blauen Himmel, und sie suchte schon seit zwanzig Minuten diese Waldmeisterstraße.

Wieso hatte sie sich das nicht aufgemalt? Auf der Karte hatte es so einfach ausgesehen. Nirgendwo war jemand auf der Straße, den sie hätte fragen können. Links von ihr waren Reihenhäuser, rechts von ihr die Gärten anderer Häuser. Die Straße war furchtbar lang, und keine Abzweigung in Sicht. Elli würde umkehren müssen. Wahrscheinlich müsste sie gleich wieder in Richtung Zoo laufen, wenn sie den überhaupt jemals wiederfinden würde!

Als sie gerade umdrehen wollte, sah sie plötzlich über einer Rosenhecke den blonden Kopf eines Mädchens auftauchen und sofort wieder verschwinden. Schon tauchte er wieder auf. Und verschwand. Das Mädchen schaukelte. Elli lief zur der Tür des Gartens, in dem sie den Kopf des Mädchens gesehen hatte.

»Hallo!«, rief Elli, so laut sie konnte, aber das Mädchen schien sie nicht zu bemerken.

»Hallo!«, rief Elli nochmal. »Kannst du mal kurz kommen?« Sie winkte.

Aber das Mädchen sah und hörte nichts. Sie hatte einen Kopfhörer auf und sang zu der Musik laut und falsch mit. Das würde nie was werden.

»Zum Kuckuck mit dir«, schimpfte Elli böse und wollte sich gerade abwenden, als sie sah, wie das Mädchen auf der Schaukel auf einmal höher schaukelte als zuvor. Eine dunkle Wolke zog an der Sonne vorbei, und für einen Moment wurde es kalt. Noch einmal schaukelte das Mädchen hoch in die Luft, und dann machte es einen Salto über die Stange hinweg, schwang wieder nach unten und landete dort unsanft auf dem Boden.

Erschrocken riss Elli die Gartentür auf und lief zur Schaukel.

»Alles gut bei dir? Hast du dir weh getan?«

Das Mädchen rieb sich erst den Hintern und dann die Ellenbogen und strahlte Elli dabei an. »Ne, das war toll! Ein Salto war das. Das hab ich noch nie geschafft. Das mach ich jetzt sofort nochmal.«

Sie sprang auf und setzte sich wieder auf das Schaukelbrett.

»Hast du mich gesehen? War das nicht irre?«

Elli nickte. Mann, war die mutig. Jetzt wollte sie gleich nochmal einen Salto fliegen, dabei war sie gerade erst ziemlich doll hingefallen. Elli schaute ihr bewundernd zu. Das Mädchen schwang vor und zurück und bemühte sich, wieder richtig hoch zu schaukeln, aber nach einem Salto sah es im Moment irgendwie noch nicht aus.

»Wie heißt'n du?«, rief das Mädchen von der Schaukel.

»Elli, und du?«

»Idi heiße ich. Also eigentlich Merida«, rief das Mädchen von der Schaukel. »Idi ist mein Spitzname. Der Kuckuck weiß, was Papa sich bei Merida gedacht hat.«

Sie hatte den Satz kaum zu Ende gesagt, als es schon wieder dunkel und kalt wurde und sie erneut einen Riesensalto über die Schaukel flog. Aber diesmal hatte sie es geschafft, auf dem Schaukelbrett sitzen zu bleiben.

»Juchu«, schrie Idi. »Ich kann fliegen! Das ist super. Das musst du unbedingt versuchen!«

Sie sprang von der Schaukel und griff nach Ellis Hand. Elli zuckte zurück. Sie hatte einen elektrischen Schlag bekommen. Nur ein Kribbeln auf der Hand, doch ihre Haare standen schon wieder in alle Richtungen ab. Aber die von Idi auch. Ihre blonden glatten Haare schwebten genauso durch die Luft, wie Idi es selbst gerade noch gemacht hatte. Selbst ihr schiefer Pony stand von ihrer Stirn ab. Idi kicherte wie verrückt.

»Guck mal, unsere Haare fliegen auch. Los, jetzt du. Aufsteigen. Fliegen!«, rief sie Elli zu.

Zögernd griff Elli nach den Schaukelseilen und setzte sich hin. Mit den Füßen nahm sie Schwung und lehnte sich dann weit zurück. Ein bisschen fühlten sich ihre statisch aufgeladenen Haare wie Flügel an. Ob sie das wohl auch schaffen würde?

»Los, mach schon«, rief Idi ungeduldig. Aber Elli hatte Angst.

»Ich schubs dich an«, sagte Idi und stellte sich hinter die Schaukel. Sie wartete, bis Elli ganz nach hinten geschwungen war, dann stemmte sie sich mit beiden Händen gegen ihre Schultern und schob sie an. Idis Hände waren stark, und sie fühlten sie sich so an, als ob sie ganz warm wären. Die Wärme strömte in Ellis Körper, und auf einmal fühlte sich Elli so leicht wie noch nie in ihrem Leben. Einmal noch Schwung holen, und dann würde sie auch den Salto schaffen, das spürte sie. Sie schwang rückwärts, zu hoch für Idi, um sie anzuschubsen, lehnte sich ganz weit nach hinten und reckte ihre Füße und ihre gerade ausgestreckten Beine in den Himmel. Dann flog sie einen Salto um die Schaukelstange, und bevor sie noch recht wusste, wie ihr geschah, flog sie einen zweiten.

Atemlos stemmte sie die Füße in den sandigen Boden unter der Schaukel, um zum Stehen zu kommen. Das Blut surrte durch ihren Körper, die Haare flogen in roten Wellen um ihren Kopf, und Elli hatte ein Rauschen im Kopf, wie sie es noch nie gespürt hatte. Sie fühlte sich leicht und frei und einfach nur glücklich.

»Du fliegst, wir fliegen beide!« Idi umarmte Elli, und beide lachten ausgelassen. Was für ein irres Gefühl!

»Jetzt bin ich wieder dran!« Ungeduldig schüttelte Idi sie von der Schaukel.

Aber so wild sie auch schaukelte, Idi kam nicht mal mehr in die Nähe eines Saltos.

»Mist«, sagte sie traurig. Ihre blonden, glatten Haare hatten sich wieder beruhigt und folgten sanft dem Rhythmus des Schaukelns, anstatt wie aufgeladen selbst zu fliegen.

»Ich will so gerne wenigstens noch einen Salto machen. Du hast zwei hintereinander geschafft.«

Elli tat Idi leid. Es war Idis Idee gewesen, und Elli hatte zwei Saltos gemacht und Idi nicht. Das war nicht fair.

»Komm, jetzt schubse ich dich an!«

Elli wartete auf Idi, griff dann, als sie den weitesten Punkt hinten erreicht hatte nach dem Schaukelbrett und versetzte ihm mit aller Kraft einen Stoß. Hinterher kam es Elli so vor, als ob sie sich selbst auch in die Luft erhoben hatte, so sehr hatte sie sich auf Idis Salto konzentriert. Aber das konnte nicht passiert sein.

Was aber zweifellos passierte war: Idi sauste drei Mal um die Schaukelstange und fiel beim dritten Mal vom Schaukelbrett. Und diesmal tat sie sich weh, sehr weh. Sie raste mit dem Kopf geradewegs gegen den Stamm eines Pflaumenbaums und blieb darunter liegen.

Elli rannte zu ihr und griff nach ihrer Hand.

»Idi, bitte wach auf«, flüsterte Elli. »Bitte, bitte, bitte wach auf.« Das durfte jetzt einfach nicht passieren. Wie wild schüttelte sie Idi an der Schulter. »Aufwachen!«

Idi schlug die Augen auf. Sie hatte eine dicke Beule an der Stirn, die immer größer wurde. Man konnte ihr förmlich beim Anschwellen zuschauen.

»Wir brauchen ein Kühlpack«, sagte Elli. »Ist bei dir jemand zu Hause?«

»Ja, Frau Wiegand. Und in der Praxis unten ist Papa, aber den soll ich nicht stören.«

»Bleib so liegen«, befahl Elli. »Ich hol was.«

Elli rannte auf die Terrasse und durch die geöffnete Tür ins Wohnzimmer hinein.

»Hallo«, rief sie ängstlich. »Hallo, wir brauchen ein Kühlpack. Idi hat eine Beule. Bitte schnell.«

Eine ältere, rundliche Frau kam ins Wohnzimmer.

»Hat Idi sich wehgetan?«, fragte sie und Elli nickte.

»Schnell, bitte!«

Frau Wiegand lief so schnell sie konnte hinter Elli her in den Garten.

»Bleib einfach so liegen.« Sie legte Idi das Kühlpack auf die Stirn. »Du Arme«, sagte sie dann, »wie ist denn das passiert?«

Idi dreht den Kopf ein bisschen zur Seite. Sie schaute erst zur Schaukel und tauschte dann, so gut es ging, einen Blick mit Elli aus. Die Schaukel stand bestimmt zehn Meter vom Pflaumenbaum entfernt. Eigentlich viel zu weit, als dass man sich daran hätte stoßen können, wenn man von der Schaukel fiel. Was sollten sie Frau Wiegand nur sagen?

»Ist ja auch egal ...« Frau Wiegand schien auf eine Antwort zu verzichten. »Das zeigen wir jetzt deinem Papa. Wozu hat man einen Arzt in der Familie? Auch wenn er sonst nie Zeit hat.«

Zeit! Oh Gott!, dachte Elli. Sie schaute auf ihre Uhr, es war schon Viertel nach vier. Sie musste unbedingt zum Zoo zurück, zu Philip und Henriette und Toni.

»Idi, ich muss weg. Ich bin verabredet. Oh, es tut mir so leid. Ich hoffe, es geht dir bald wieder gut.«

»Jetzt musst du weg?« Idi sah aus, als würde sie doch noch anfangen zu weinen.

»Ich erklär's dir, okay? Es geht nicht anders.«

»Und wann sehen wir uns wieder?«, fragte Idi.

»Hast du ein Handy?«, fragte Elli. »Schreib mir deine Nummer auf.«

Idi wollte sich aufsetzen, aber Frau Wiegand drückte sie ins Gras zurück. »Ich mach das«, sagte sie. »Du bleibst erstmal, wo du bist.«

Aus ihrer Kittelschürze zog sie Notizblock und Stift und schrieb einen Namen und eine Telefonnummer auf.

Ohne hinzusehen griff Elli nach dem Zettel und schaute Idi an, die immer noch auf der Seite auf dem Boden lag.

»Idi, ich ruf dich an, ich verspreche es dir.«

Idi blickte hoch und grinste.

»Das weiß ich. Wir sind jetzt Freunde.«

Elli streckte ihre Hand aus, und Idi hob ihre hoch. Ihre Fingerspitzen berührten sich, und Elli fühlte, wie eine Kraft von Idi ausgehend in ihren Körper überging. Sie spürte, wie sich ein Lächeln auf ihrem Gesicht ausbreitete. Am liebsten hätte sie Idi umarmt, aber dafür war keine Zeit mehr.

»Wir sind jetzt Freunde«, sagte sie auch. Dann drehte sie sich um und ging.

Elli hätte vor Erleichterung weinen können, als sie endlich ihre Klasse im Zoo wiedergefunden hatte. Philip, Henriette und Toni waren nicht am verabredeten Treffpunkt gewesen. Wie auch? Elli war vierzig Minuten zu spät gekommen. Sie hatte sie überall gesucht, schließlich hatte sie sogar eine Frau mit einem Handy gebeten, Philip für sie anzurufen, aber der war nicht ans Telefon gegangen. Und jetzt endlich hatte sie sie gefunden. Vor dem großen Orang-Utan-Gehege. Ganz vorne stand Herr Müller, um ihn herum hatten die Schüler der 5 b einen Kreis gebildet.

Herr Müller stand vor dem großen, runden Gehege und kratzte sich am Kopf: »Und wie komm ich jetzt wieder an meine Brille?«, stöhnte er verzweifelt.

Drinnen im Gehege kratzte sich der Orang-Utan, der seine Brille trug, auch den Kopf. Über den Wassergraben hinweg betrachtete er Herrn Müller aufmerksam. Schallendes Gelächter der 5 b war die Antwort darauf. Herr Müller versuchte auch ein schiefes Grinsen, aber es gelang ihm nicht so richtig.

»So, und jetzt will ich meine Brille wiederhaben«, sagte Herr Müller streng zu dem Affen und streckte seine Hand danach aus.

Der Affe streckte seine Hand ebenfalls aus, und es schien so, als lachte er dabei ebenso heftig wie die Kinder.

Aus Herrn Müllers Verzweiflung wurde Wut. Er stampfte mit dem Fuß auf den Boden und schrie: »Es reicht! Ich will meine Brille zurückhaben!« Dabei fuchtelte er wild mit den Armen in der Luft.

Begeistert streckte auch der Orang-Utan seine Arme in die Luft und sprang mit beiden Füßen aus dem Stand auf und ab. Das sah viel eleganter aus als bei Herrn Müller, und die Schüler applaudierten lachend.

Auch das machte der Affe sofort eifrig nach. Er sprang auf und ab und klatschte über seinem Kopf in die Hände. Bei dem ganzen Theater wippte die Brille bedenklich hin und her.

»Aufhören, bitte aufhören«, sagte Herr Müller. »Sonst geht sie noch kaputt, und dann müssen wir abreisen.«

Augenblicklich hörten die Kinder auf zu klatschen.

»Ich hab eine Idee«, sagte Josefine. Aus ihrer Jackentasche zog sie eine Brille und setzte sie sich auf die Nase.

»Hallo«, sagte Josefine und winkte dem Affen zu. Vergnügt winkte der Affe zurück und ging näher auf Josefine zu. Er stand jetzt direkt am Wassergraben.

Josefine hob die Arme hoch und klatschte über ihrem Kopf in die Hände. Ohne zu zögern hob der Affe seine Arme ebenfalls in die Luft und klatschte. Was Josefine nur vorhatte?

Langsam, ganz langsam zog Josefine die Brille von der Nase und faltete die Bügel zusammen. Sofort machte der Affe es ihr nach.

Dann holte Josefine aus, wartete, bis der Affe auch in Wurfposition ging, und schmiss ihre Brille über den Wassergraben in das Gehege der Orang-Utans. Der Affe fing die Brille nicht, aber Philip sprang im richtigen Moment hoch und schnappte die Brille von Herrn Müller, bevor sie auf den Boden fallen konnte.

»Danke«, seufzte Herr Müller erleichtert und setzte sich die völlig verdreckte Brille sofort auf die Nase. »Aber jetzt hat er deine.«

»Ich trag doch keine Brille, Herr Müller«, sagte Josefine beleidigt. »Das ist eine 3-D-Brille aus dem Kino.«

»Du bist ein Genie, Josefine«, sagte Herr Müller. Er nahm die Brille von der Nase und begann, sie mit einem Zipfel seines Hemdes zu putzen. »Die NaWi-Eins ist dir sicher.«

»Das ist ungerecht«, brüllte Sofie und sprang von der Bank auf, auf die sie sich mit Mascha gesetzt hatte.

»Halt die Klappe«, sagte Herr Müller zu Sofie. Zu den anderen, die leise kicherten, sagte er: »Wir gehen, ich brauch was zu trinken.«

Sie stellten sich in Zweierreihen auf.

Herr Müller sagte: »Alles okay?«

Alle sagten: »Ja.«

Elli wollte auch gerade »Ja« sagen, als sie merkte, wie sie nach rechts wegkippte. Sie sah noch die Palme, auf deren Topf sie mit dem Kopf knallte, dann wurde ihr schwarz vor Augen.

10

Besuch im Krankenhaus

Als Elli die Augen aufschlug, sah sie Philip, der neben ihr auf dem Bett saß und mit seinem Handy spielte. Alle Wände im Raum waren weiß. Über ihr hing ein komisches graues Plastiktrapez. Elli wusste sofort, dass sie im Krankenhaus war, das hatte sie oft genug im Fernsehen gesehen, auch wenn sie selbst noch nie in einem gelegen hatte. Hier war es viel zu weiß und viel zu hell, ihr tat alles weh. Sie schloss die Augen wieder. Mit einer Hand fasste sie sich an den Kopf und spürte den Verband. Jetzt erst merkte Philip, dass sie aufgewacht war.

»Alles okay?«, fragte er.

Elli versuchte, sich zu erinnern.

»Ja, ich glaube schon. Oder doch nicht«, fiel ihr dann ein.

»Ich hab die *Operation Waldmeister* versaut ...«

»Hab ich mir schon gedacht«, sagte Philip.

»Echt?«, fragte Elli und versuchte, sich im Bett aufzurichten. Es klappte so halb.

»Na, erst kommst du nicht wieder, und dann bist du fünf Minuten da und schon kippst du um«, sagte Philip nicht ohne Vorwurf. »Den hast du fallen gelassen, nachdem du gegen den Palmentopf geknallt bist.«

Philip faltete einen Zettel auf. Jetzt lasen beide nochmal, was er schon vorher gelesen hatte. »Merida« stand auf dem Zettel. Und darunter eine Telefonnummer.

»Da bist du wohl nicht bei deinem Vater gelandet.«

Elli ließ sich ins Kissen zurücksinken. Alles drehte sich in ihrem Kopf. Nein, bei Dr. Thomas Fechner war sie nicht gelandet. Aber bei Idi, und das war größer und wichtiger als alle Dr. Thomas Fechners der Welt. Aber das konnte sie Philip nicht mehr sagen, denn auf einmal kam Frau Sauter, gefolgt von einem Arzt, ohne anzuklopfen in ihr Zimmer.

»Na, wie geht es uns?«, fragte der Arzt.

»Gut«, sagte Elli. »Sehr gut sogar.« Sie musste unbedingt raus aus diesem Krankenhaus und Idi nochmal sehen. Sie schwang die Decke hoch und wollte aufstehen.

»Das lassen wir erstmal«, sagte der Arzt bestimmt.

»Du warst eine ganze Zeit bewusstlos, das schauen wir uns jetzt in Ruhe einen Tag lang an. Einverstanden?«

Elli war mit nichts einverstanden, weder mit dem doofen »wir« noch damit, dass sie im Krankenhaus bleiben sollte. Was für eine grauenhafte Vorstellung, alleine hier zu sein. Sie hatte noch nicht einmal ein Buch zum Lesen dabei. Aber der Arzt hatte ihre Mutter angerufen und mit ihr vereinbart, dass Elli einen Tag zur Beobachtung im Krankenhaus bleiben sollte.

»So, Philip, dann wollen wir mal«, sagte Frau Sauter, nachdem der Arzt endlich das Zimmer verlassen hatte.

Elli erschrak. Sie hatte gedacht, dass Philip noch bleiben würde. Aber Frau Sauter erlaubte es nicht.

»Und du, Elektra, machst hier keine Dummheiten. Mir reicht es schon jetzt mit euch. Das ist die letzte Klassenfahrt meines Lebens.«

»Umso besser«, murmelte Philip.

»Was hast du gesagt?«, fauchte Frau Sauter und drehte sich zu Philip um.

»Ich hab gesagt, dass Elli ein Telefon braucht. Ich kann ihr unten eine Karte fürs Festnetz holen.«

»Telefon im Krankenhaus? So ein Quatsch.« Frau Sauter schaute Elli an: »Deine Mutter ist informiert. Morgen wirst du wieder entlassen. Ich denke nicht im Traum daran, Geld für eine Telefonkarte auszugeben.«

»Los, Philip, komm jetzt!«, sagte sie dann.

Zögernd stand Philip auf und reichte Elli förmlich die Hand: »Gute Besserung, Elli.«

Elli starrte ihn an. Was sollte das denn jetzt? Sie gaben sich nie die Hand. Trotzdem machte sie mit und sagte: »Danke, Philip.«

Als Frau Sauter und Philip das Zimmer verlassen hatten, öffnete sie ihre Hand. Philip hatte ihr sein Handy und den kleinen weißen Zettel dagelassen.

Philip war wirklich der Größte. Elli starrte auf das Handy. Dann hatte sie eine Idee.

Danke, Philip

tippte sie ins Display ein und schickte die SMS an Henriettes Nummer, die Philip gespeichert hatte. Sie war sich sicher, dass Philip die Nachricht im Laufe des Abends bekommen würde.

Dann starrte sie auf den kleinen zerkrumpelten Zettel in ihrer Hand. Vorhin im Garten mit Idi war ihr alles so einfach und selbstverständlich vorgekommen. Aber jetzt hier alleine im Krankenhaus fing sie plötzlich an nachzudenken. Wer wohl dieses Mädchen war? Warum fühlte sich Elli ihr so nah? Warum waren diese Saltos in Idis Garten das Schönste, das Elli je erlebt hatte? Was sollte das alles bedeuten?

Dreimal griff sie nach Philips Handy auf dem Nachttisch, und dreimal überlegte sie es sich wieder anders. Schließlich nahm sie es doch in die Hand und tippte mit klopfendem Herzen

Hallo Idi

ins Telefon und schickte die Nachricht auf die Telefonnummer, die auf dem Zettel stand.

Sie wartete und starrte aufs Handy. Es dauerte nicht lange, bis sich etwas tat. Idi war online – Elli konnte es im Display sehen. Komisch fühlte sich das an, sie wusste, dass Idi die Nachricht sah, aber nicht, ob sie sich melden würde. Aber dann schrieb Idi, und ein paar Sekunden später stand auf dem Handy zu lesen:

Hallo Elli

Elli warf sich in die Kissen zurück und hätte am liebsten vor Freude laut geschrien. Aber anstatt zu schreien, setzte sie sich wieder hin und tippte:

Wie geht es dir?

Geht so

kam prompt die Antwort.

Soll im Bett bleiben.
Und dir?

Bin im Krankenhaus.
Gehirnerschütterung. Soll auch dableiben.

tippte Elli.

Was????

Idi konnte richtig schnell schreiben.

Ich komm dich besuchen.

Eigentlich hätte Elli wohl schreiben müssen: Mach dir keine Sorgen, es geht mir gut. Oder: Das wird schon wieder, musst nicht kommen, stattdessen schrieb sie:

Ja, bitte komm so schnell du kannst.

Sie wollte Idi unbedingt wiedersehen. Sie wollte herausfinden, warum es sich so anfühlte, als ob sie Idi schon ihr ganzes Leben kannte, obwohl sie sich erst vor ein paar Stunden kennengelernt hatten.

»Komm, so schnell du kannst«, hatte sie geschrieben, und es waren keine zwanzig Minuten vergangen, da saß Idi an ihrer Bettkannte.

»Wieso durftest du denn aufstehen?«, fragte Elli.

»Hab ich einfach gemacht.« Idi schüttelte trotzig ihren Kopf, dass ihre blonden Strähnen nur so flogen.

»Papa war gar nicht da. Und Frau Wiegand schaut um die Uhrzeit immer schon Fernsehen. Die kommt frühestens um zehn Uhr, um nach mir zu sehen. Da muss ich zurück sein.«

»Wer ist denn Frau Wiegand?«

»Papa nennt sie unsere Zugehfrau.« Idi rollte mit den Augen. »Die macht den Haushalt und so. Und passt auf mich auf, wenn er nicht da ist. Also immer.«

Falls Idi darüber traurig war, merkte man es ihr nicht an.

»War das nicht toll, das mit den Saltos?«, fragte sie Elli.

»Ja, irre war das. Das machen wir wieder.«

»Kommst du wieder zu mir?«, fragte Idi.

»Ja, aber ...« Elli wusste nicht, wie sie es Idi beibringen sollte. »Weißt du, ich wohne gar nicht in Hamburg. Wir wohnen in Berlin. Mama und Tante Eva und ich.«

»Echt?« Idi schaute enttäuscht. »Und was machst du hier?«

»Klassenfahrt. Am Dienstag geht es zurück.«

»Am Dienstag, das ist ja schon in zwei Tagen.« Idi war vom Bett aufgesprungen. »Das darf doch nicht wahr sein. Gerade jetzt, wo wir es so lustig hatten.«

»Ja, und ich hier im Krankenhaus. So ein Mist.«

»Nicht ärgern«, sagte Idi und griff nach Ellis Hand. Das Licht flackerte kurz auf, dann zersprang die Glühbirne in Ellis Nachttischlampe.

»Puff«, machte Idi und kicherte. »Irgendwie ist da zu viel Energie, wo wir sind. Schau mal unsere Haare.«

Und tatsächlich schwebten Idis blonde Strähnen und Ellis rotblonde Locken schon wieder in weichen Wellen um ihre Köpfe.

»Wenn wir zusammen sind, müssen wir uns Zöpfe flechten«, kicherte jetzt auch Elli.

»Komm, wir lassen noch was anderes fliegen«, sagte Idi. Sie nahm Ellis Hände in ihre und hob sie hoch. »Ja, die Teetasse. Komm, konzentrier dich.«

Elli schaute Idi an. Natürlich war das nur ein Spaß, aber wenn Idi spielen wollte, dann wollte sie gerne dabei sein. Sie schloss die Augen und dachte an eine Teetasse, die durch den Raum schwebte. Ein kalter Schauer rann ihr über den Rücken, dann hörte sie einen Schrei, gefolgt von einem Klirren.

Elli war für einen Moment schwindelig. Als sie die Augen wieder öffnete, stand die Nachtschwester im Zimmer und schimpfte.

»Ich hab doch gesagt, dass ich dich nur reinlasse, wenn ihr ruhig seid. Und jetzt das. Überall Scherben und du schreist mir die ganze Station zusammen.«

»Entschuldigen Sie bitte«, sagte Idi ungewohnt kleinlaut. »Die Tasse ist runtergefallen, und der Tee ist an die Glühbirne gespritzt, da ist sie kaputt gegangen.«

»Alles klar«, sagte die Schwester schon wieder versöhnlich. »Kann ja passieren. Aber du musst jetzt bitte gehen. Sonst krieg ich Ärger, okay?«

»Okay«, sagte Idi. Dann sagte sie zu Elli. »Ich ruf dich an, Elli. Und morgen komm ich wieder. Schlaf gut.«

Ehe Elli sich versah, war Idi aus dem Zimmer geschlüpft und hatte sie mit der Schwester allein gelassen.

»Na, dann beseitigen wir hier mal das Chaos. Ist dir nochmal schlecht geworden, oder wie ist das mit der Tasse passiert?«, fragte sie Elli.

Elli hatte keine Ahnung, wie das mit der Tasse passiert war. Idi hatte neben ihr auf dem Bett gesessen, viel zu weit von der Teetasse entfernt, um sie runterzustoßen. Und Elli selbst hatte sich gar nicht bewegt.

»Ganz einfach, geflogen ist sie, die Teetasse«, sagte Idi, als sie am nächsten Morgen wieder bei Elli am Bett saß.

»Geflogen, ja klar«, sagte Elli und biss in den Blaubeermuffin, den Idi ihr mitgebracht hatte. Sie hatte ihn in ihrer Schultasche gehabt, die sie dann in Ellis Schrank versteckt hatte, damit bloß keiner auf die Idee kommen würde, sie könnte die Schule schwänzen.

»Das ist kein Witz, Elli. Ich glaube, du hast sie schweben lassen. Und deinetwegen bin ich auch geflogen, da auf der Schaukel. Da bin ich mir sicher.«

»Quatsch«, sagte Elli. »Ich hab noch nie was schweben lassen. Du bist nicht geflogen, das waren Saltos. Ganz einfach.«

»Elli, glaub mir. Ich hab's gespürt, eine Kraft, die von deinen Händen ausgegangen ist. Du hattest die Augen zu, und die Teetasse ist einfach hochgeschwebt. Ich hab geschrien, und dann hast du die Augen aufgemacht, und sie ist dir runtergefallen.«

»Mir ist die Teetasse runtergefallen? Du spinnst ja.« Aber ganz sicher war sich Elli auf einmal nicht mehr. Die Kraft hatte sie auch gespürt. Nicht nur an den Händen, sondern am ganzen Körper.

»Komm, wir probieren es. Mit was Leichtem, das nicht kaputtgehen kann.« Idi schaute sich im Zimmer um.

»Alles zu schwer«, murmelte sie und verschwand im Bad.

»Hier«, sagte sie triumphierend und kam mit einer Rolle Klopapier zurück. »Leichter geht es nun wirklich nicht«, sagte sie.

»Du musst es ja wissen«, murmelte Elli. Irgendwie war ihr die Sache unheimlich.

Idi setzte sich neben Elli aufs Bett. »Los jetzt«, sie nahm ihre Hände, »mach die Augen zu.«

»Ne, das will ich jetzt auch sehen«, sagte Elli und fixierte die Klopapierrolle. Nichts passierte.

»Du konzentrierst dich nicht«, sagte Idi. »Ich spüre nichts.«

»Weil da nichts zu spüren ist. Klopapierrollen fliegen nicht«, sagte Elli.

»Versuch's doch noch mal, bitte. Für mich.« Idi war nicht davon abzubringen.

Elli seufzte und schaute auf die Klopapierrolle, die vor ihr auf dem Bett lag.

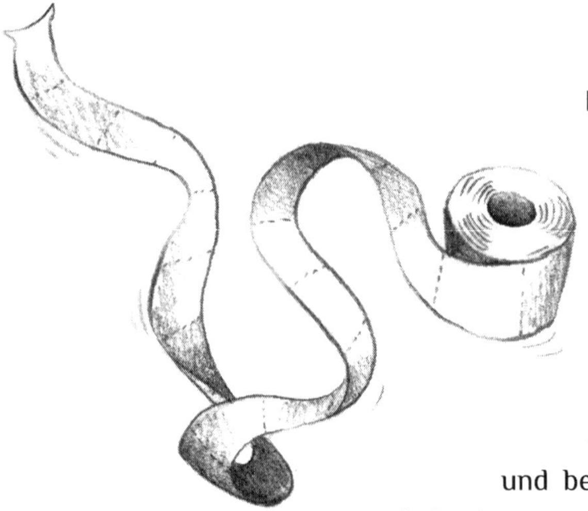

Mach's, dachte sie, mach's für Idi!

Und im gleichen Augenblick fing das abgerollte Ende der Rolle sanft zu flattern an. Eine kühle Brise wehte vom Fenster her, und schon schwebte die ganze Rolle nach oben und begann, im Raum herumzuwirbeln. Langsam wickelte sich das Klopapier von der Rolle ab und flog in großen, weiten Wellen durch den Raum. Alles schwebte um sie herum.

Idi schrie vor Begeisterung und klatschte in die Hände. »Du kannst es, Elli, du kannst es. Alles fliegt.« Idi war außer sich. Sie tanzte mit den Klopapierschlaufen durch den Raum und rief immer wieder: »Alles fliegt, alles fliegt!«

»Was ist denn hier schon wieder los?«

Die Schwester, die gerade den Raum betreten hatte, war weniger begeistert.

Kopfschüttelnd schaute sie zu, wie die Klopapierschlaufen langsam auf den Boden sanken, dabei merkte sie nicht, wie die Klopapierrolle auf ihrem Dutt landete. Elli und Idi sahen sich an und kicherten.

»Das räumt ihr schön selber auf, meine Damen. Da schick ich die Putzfrau gar nicht erst rein«, verkündete die Schwester und ging mit Klopapierrollen-Dutt hoch erhobenen Hauptes nach draußen.

»Alles in Ordnung bei Ihnen, Schwester Erika?«, hörten sie den Arzt draußen fragen.

»Die da drinnen lassen Klopapier durch die Luft fliegen«, sagte Schwester Erika zu ihm.

»Aha«, sagte der Arzt nur, die Klinke schon in der Hand. »Schwester Erika, Sie brauchen dringend Urlaub!«

»O nein, Idi, schnell. Das Klopapier muss verschwinden, sonst kriegen wir Ärger.«

Elli schaute ängstlich zur Tür.

»Tut mir leid, wir räumen das hier auf«, sagte sie, als der Arzt hereinkam.

Der schaute sich um. »Das könnt ihr machen, wenn es euch zu unordentlich ist. Aber ehrlich gesagt, wünschte ich, alle Patienten wären so ordentlich wie du.«

Elli drehte sich im Zimmer um. Das Klopapier war verschwunden. Neben ihr auf dem Bett saß Idi und grinste wie wild.

Der Arzt fragte Elli, wie es ihr ginge, fühlte ihren Puls und sagte dann, dass sie am Nachmittag um 15 Uhr das Krankenhaus verlassen dürfe. Und dass sie kerngesund sei.

»Deine Klassenlehrerin holt dich ab«, sagte er und schüttelte Elli die Hand. »Alles Gute euch beiden. Und viel Spaß noch.«

Dann verschwand er.

»Viel Spaß noch, darauf kann er einen lassen«, sagte Idi. »Den werden wir auf jeden Fall haben.«

»Was hast du mit dem Klopapier gemacht?«, fragte Elli, immer noch entgeistert.

»Weggezaubert.«

»Du spinnst«, sagte Elli.

»Was muss denn noch passieren, damit du es glaubst?«, fragte Idi ungeduldig. »Ich hab mir gewünscht, dass es einfach verschwindet, und weg war es.«

»Unfassbar«, sagte Elli.

»Versuch's«, sagte Idi. »Wünsch das Kissen weg.« Sie schnappte sich das Kissen und hielt es Elli unter die Nase.

Elli schaute erst Idi an, dann das Kissen.

»Okay«, seufzte sie. Aber das Kissen verschwand nicht, so sehr sie es sich auch wünschte.

»Dann flieg wenigstens«, sagte Elli schließlich. Eine Sekunde lang passierte gar nichts, aber dann erhob sich das Kissen vor den staunenden Augen von Elli und Idi tatsächlich in die Luft. Idi versetzte ihm einen Stoß und das Kissen flog Elli mit voller Wucht gegen den Kopf.

»Hey«, rief Elli und schoss das Kissen zurück. Und schon waren sie in der schönsten Kissenschlacht ihres Lebens. Mit einem fliegenden Kissen war das etwas ganz anderes. Das Kissen schoss bis zur Decke hinauf und dann in vollem Tempo entweder auf Elli oder Idi zu. Einmal hängte Idi sich sogar ins Kissen rein, flog durchs Zimmer und landete mitten auf Ellis Bett.

»Ich kann nicht mehr«, seufzte Idi schließlich und blieb erschöpft auf dem Bett liegen. »Jetzt könnte das Kissen eigentlich verschwinden«, sagte sie. Und zack – war das Kissen weg.

»Puff«, sagte Elli. »Ich kann es nicht fassen. Bei mir fliegen die Dinge, und du, du kannst sie einfach wegzaubern.« Sie ließ sich neben Idi aufs Bett plumpsen.

»Glaubst du es jetzt?«, fragte Idi.

»Ja, jetzt glaub ich es. Ist zwar total irre, aber ich glaube es.« Elli grinste fast so breit wie Idi.

»Ich hab zu Hause mal versucht, etwas fliegen zulassen. Pustekuche. Wegzaubern hab ich noch nicht alleine versucht. Aber vielleicht funktioniert es ja nur, wenn wir zusammen sind«, sagte Idi.

»Also bevor ich dich kannte, hab ich auch noch nie was gehext. Ich spüre diese komische Kraft nur, wenn du bei mir bist.«

Elli strahlte Idi an und Idi grinste zurück.

Aber plötzlich wurde Elli traurig. Ihr war eingefallen, dass sie morgen schon wieder nach Berlin fahren würde. Nie hätte sie sich träumen lassen, dass sie darüber mal traurig sein würde.

»Wann sehen wir uns denn wieder?«, fragte sie Idi.

Idi sprang auf. »Das ist das Beste! Das habe ich dir noch gar nicht erzählt. Wir sehen uns nächstes Wochenende!«, rief sie und hüpfte vor Freude auf dem Bett auf und ab.

»Was?« Elli flog im Bett hoch, so wild sprang Idi in die Matratze.

»Ich komme nach Berlin, und da besuche ich dich«, Idi konnte nicht aufhören zu springen.

»Und was sagt dein Vater dazu?«, fragte Elli und wippte weiter zu Idis Sprüngen im Bett. »Hör auf, mir wird sonst wieder schwindelig«, sagte sie schließlich und zog Idi an der Hand neben sich aufs Bett.

»Das ist es ja. Der ist begeistert! Papa will mich dauernd schon dazu überreden, mit ihm nach Berlin zu fahren. Seine Freundin wohnt da. Ich soll sie besser kennenlernen. Bis jetzt hatte ich mich geweigert«, Idi legte sich auf die Decke und grinste. »Aber jetzt habe ich nachgegeben, und Samstag sehen wir beide uns wieder!«

»Ich schreib dir meine Adresse auf. Weißt du, wo die Freundin wohnt?«

»Keine Ahnung, ich kenn mich in Berlin nicht aus. Aber ich kann's googeln. Ich hab Papa schon gesagt, dass ich Samstag mit einer Freundin verabredet bin.«

Idi holte ihren Ranzen aus Ellis Schrank. Sie suchte einen Stift und einen Zettel für Elli, damit sie ihr die Adresse aufschreiben konnte.

»Dann kommst du zu mir. Ich kann's echt nicht fassen.« Elli trommelte mit ihren Füßen in die Bettdecke vor Freude.

»Genau. Ich ruf dich einfach vorher an. Ich hab ja deine Nummer«, wie zum Beweis zückte Idi ihr Handy.

Oje, das Handy.

»Das ist nicht meine Nummer. Das ist die von meinem Freund Philip. Ich hab kein Handy, Mama ist dagegen.«

»Ist doch egal. Wir verabreden uns einfach. Was meinst du: Samstag um 12 Uhr klingele ich an deiner Tür, okay?«

»Versprochen?«

»Versprochen!«

»Sonst kannst du Philip schreiben. Wenn was dazwischenkommt.«

»Da kommt nichts dazwischen.« Idi schaute Elli tief in die Augen. »Versprochen.«

Dann verabschiedeten sie sich. Es war kurz vor drei. Gleich würde Herr Müller kommen. Idi musste auch nach Hause, weil Frau Wiegand wusste, dass heute um 15 Uhr Schulschluss war. Wenn Idi dann nicht nach Hause kam, würde sie in der Schule anrufen und erfahren, dass Idi gar nicht erst dort gewesen war. Das wäre keine gute Idee.

»Ich vermisse dich jetzt schon«, sagte Elli.

»Und ich dich erst«, sagte Idi und ging.

11

Wieder zu Hause

»Was ist denn nun mit deinem Vater?«, fragte Philip Elli, als sie im Bus zurück nach Berlin fuhren.

»Keine Ahnung«, sagte Elli.

»Jetzt willst du ihn doch nicht suchen, oder was?«

»Pst«, sagte Elli, »das muss doch nicht jeder hier mitbekommen.«

Josefine saß nur drei Bankreihen entfernt, nicht auszudenken, dass sie davon erfuhr. Toni und Henriette in der Bank vor ihnen knieten sich auf ihre Sitze und drehten sich zu Philip und Elli um.

»Wollen wir uns Samstag für das Referat treffen?«, fragte Toni.

»Ich kann Samstag nicht«, sagte Elli schnell. »Sonntag auch nicht.« Wer weiß, vielleicht hatte Idi Samstag und Sonntag Zeit.

»Toll«, moserte Philip, »im Zoo warst du auch schon nicht dabei.«

»Donnerstag kann ich«, versprach Elli. »Und ich bereite das Plakat vorher vor, okay?«

»Kommt ihr nach der Schule zu mir?«, fragte Henriette. »Dann ist Lou nicht so allein.«

»Da hab ich Fußball bis vier.«

»Dann kommst du halt danach«, bestimmte Henriette. Dann rief sie: »Oh, wir sind am Zoo! Guck mal, da ist deine Tante, Elli. Die steht bei meinem Vater.«

Elli schaute aus dem Fenster. Wirklich, da stand Tante Eva im blauen Jeanskleid, mit langen blauen Stiefeln und ihrem orangefarbenen Trenchcoat und redete wild gestikulierend auf Henriettes Vater ein. Ihr zu Füßen lag Lou, der sie fast genauso fasziniert anstarrte wie Alexander.

Eigentlich hatte ihre Mutter doch alleine kommen wollen, aber Elli konnte Matea nicht sehen.

»Typisch, meine Eltern glänzen mal wieder mit Abwesenheit«, stellte Philip nach einem Blick aus dem Fenster fest. »Kann ich bei euch mitfahren?«, fragte er Elli. Er hatte offensichtlich gerade Tante Evas kleines rotes Cabriolet entdeckt, das sie unter Missachtung jeglicher Verkehrsregeln vor dem Eingang des Bahnhofs geparkt hatte. Jetzt musste sie es erstmal weggefahren, damit der Bus überhaupt in die Parkbucht reinfahren konnte.

Ach, Tante Eva, dachte Elli. Das hätte Idi sich auch getraut. Idi war viel cooler als Elli. Idi hätte laut gelacht über die Parkaktion von Tante Eva, über die alle Eltern jetzt missbilligend den Kopf schüttelten. Bei dem Gedanken an Idi wurde Elli warm ums Herz.

»Klar fährst du mit«, sagte Elli zu Philip und grinste plötzlich. Mit Idi konnte sie auch cool sein, selbst wenn Idi nur in ihren Gedanken dabei war.

Elli stieg nach Henriette aus dem Bus, umarmte Eva und sagte Alexander und Lou Hallo.

»Wie schön, dass ihr wieder da seid«, rief Tante Eva und umarmte auch gleich noch Henriette und Philip.

»Wir haben uns gerade für Freitag zum Mittagessen bei unserem Italiener verabredet. Schön, oder?«

Henriette schien sich zu freuen, und Elli nickte auch. Warum nicht. Es gab Schlimmeres, als mit Henriette und Lou verabredet zu sein.

»Wo ist Mama?«, fragte sie Tante Eva. »Zu der fahren wir jetzt«, verkündete Eva. »Einsteigen, abfahren.«

Zu Philip sagte sie: »Willst du nach vorne?« Gleich darauf brauste sie hupend und winkend um die Ecke.

»Deine Tante ist voll cool!« Philip drehte sich vom Vordersitz im Cabrio zu Elli um. »So eine hätte ich auch gerne!«

Elli freute sich.

Sie brachten Philip heim, aber statt weiter nach Hause zu fahren, fuhr Tante Eva zurück in Richtung Wilmersdorfer Straße.

»Steig schon mal aus. Ich parke da drüben«, sagte Eva. Sobald Elli ausgestiegen war, verschwand sie in einer der Seitenstraßen der Fußgängerzone. Elli wartete.

Komisch, dass Eva keinen Parkplatz fand, sonst ließ sie das Auto doch einfach überall stehen, wunderte Elli sich. Plötzlich hörte Elli ein Klingeln ganz in ihrer Nähe. Ein Handy, aber keiner ging dran. Es hörte auf, dann fing es wieder an. Endlich kapierte Elli, dass es in ihrer Tasche klingelte. Sie fasste in die Tasche und zog ein brandneues Smartphone heraus.

»Wow«, flüsterte Elli. Es klingelte nochmal, und jetzt sah Elli, dass im Display »Mama« stand. Endlich ging sie ans Telefon und hörte gleich darauf Matea und Eva am anderen Ende lachen und Hallo rufen. »Schau mal auf die andere Straßenseite«, riefen sie ins Telefon. Tatsächlich, da saßen die beiden in einem Straßencafé und winkten Elli zu.

»Danke, Mama«, sagte Elli, als sie bei ihnen angekommen war.

»Ist von uns beiden«, sagte Matea.

»Das war so traurig, du allein in Hamburg im Krankenhaus und wir hier«, sagte Eva.

»Und jetzt darfst du dir noch eine Handyhülle aussuchen«, fügte Matea hinzu und zeigte auf einen kleinen Laden, der von oben bis unten voller Plastikhüllen für Handys war.

Elli hätte Stunden hier verbringen können, aber Matea und Eva hatten irgendwann genug, und Elli entschied sich für eine türkisfarbene Hülle mit kleinen weißen Sternen drauf. Gemeinsam bummelten sie weiter über die Wilmersdorfer Straße in Richtung Kurfürstendamm und kauften noch einen roten Rock und einen blauen Pulli mit silbernem Stern vorne drauf für Elli und ein paar Stiefel für Tante Eva.

»Für den Herbst«, sagte Eva, als ob sie sich rechtfertigen müsste.

»Na klar!« Matea und Elli grinsten.

Ich zieh meine neuen Sachen Samstag an, wenn Idi kommt, dachte Elli. Sie spürte am ganzen Körper, wie sehr sie sich auf das Wiedersehen mit Idi am Wochenende freute.

Nachdem Elli am Abend in ihrem Bett:

Ich hab ein Handy. JUCHU!

eingetippt hatte, dauerte es keine Minute, bis Idi anrief.

»Super«, sagte sie. »Immerhin eine gute Nachricht.«

»Wieso, was sind die schlechten Nachrichten?«, fragte Elli.

»Papa und seine Freundin haben sich gestritten. Wir fahren vielleicht doch nicht dieses Wochenende nach Berlin.«

»Was? Das darf doch nicht wahr sein. Worüber haben sie sich denn gestritten?«

»Ich hab's auch nicht ganz verstanden. Jedenfalls hat Nadine Stress. Nadine, so heißt sie. Und das stresst Papa.«

»Und was für einen Stress?« Elli ließ nicht locker. Idi musste nach Berlin kommen.

»Ach, da will einer die Zahnarztpraxis mieten, in der sie ist. Sie nutzt nur die Hälfte der Räume, und zuerst meinte der Vermieter wohl, dass das okay sei, und jetzt, als sie sich gerade eingerichtet hat, will er doch lieber einen haben, der alle Räume mietet. Wenn sie da wieder raus müsste, wäre das eine Katastrophe für sie. Sagt sie.«

»Deshalb muss sie doch nicht mit deinem Papa streiten.«

»Ist kompliziert«, seufzte Idi. »Nadine will, dass Papa zu ihr nach Berlin zieht und mit in die Praxis geht. Dann könnten sie alle Räume nutzen und Nadine müsste sich nichts Neues suchen.«

»Und?«, fragte Elli.

»Papa will aber nicht. Nicht nach Berlin und nicht in eine Praxis mit ihr.«

»Ach so«, sagte Elli. Sie versuchte sich vorzustellen, wie Idi das wohl fand, aber es gelang ihr nicht. Ihre Mutter hatte keinen Freund, und Elli hatte noch nie darüber nachgedacht, wie es wäre, in einer anderen Stadt als Berlin zu wohnen. Und Idi war nun mal in Hamburg zuhause.

»Du willst ja sicher auch nicht umziehen«, fiel ihr plötzlich ein.

»Natürlich nicht. Ich will nicht weg von meinen Freunden und von meinem Schwimmverein, und schon gar nicht zu Nadine und ihrem dämlichen Sohn.«

»Und ist Nadine auch dämlich?«, fragte Elli und streichelte Noah, der sich neben sie gekuschelt hatte, über das kleine, rotgetigerte Köpfchen.

»Ne, die ist eigentlich nett«, seufzte Idi. »Das macht es aber auch nicht leichter.« Und dann sagte sie: »Warte mal, da kommt mein Vater. Ich ruf dich gleich wieder an.«

Aber Idi rief nicht wieder an. Erst spielte Elli noch ein bisschen mit Noah, dann nahm sie sich ihr Buch und las ein Kapitel, aber schließlich war sie müde. Hamburg war ganz schön aufregend gewesen.

Gute Nacht, Idi,

tippte sie in ihr Handy, dann schickte sie noch ein Foto von Noah und schrieb:

PS: Ich habe einen kleinen Kater. Er heißt Noah.

Am nächsten Morgen griff Elli als Allererstes zu ihrem Handy. Sie hatte zwei Nachrichten von Idi. In der ersten stand:

Ist der süß!

Aber die wirklich wichtige Nachricht stand in der zweiten SMS:

Ist zu spät geworden zum Anrufen. Aber wir kommen nach Berlin! Ich hab ihn überredet.

12

Zwillinge

Am Samstag klingelte es um fünf vor zwölf an der Tür. Elli, die schon im Flur gewartet hatte, riss die Tür auf und fiel Idi um den Hals. Idi war ein kleines bisschen größer als Elli, das merkte sie jetzt zum ersten Mal. Sie hatte Idi noch gar nicht gefragt, wie alt sie eigentlich war.

»Ich freu mich so«, sagte Idi und strahlte. Sie trug einen orangenen Kapuzenpulli und Elli fand, dass sie richtig cool aussah.

»Ich mich auch. Komm rein. Ich zeig dir Noah.« Elli nahm Idi bei der Hand und zog sie die Treppe rauf in ihr Zimmer. Sie hatte extra aufgeräumt, alle Bücher in die Regale einsortiert, ihre ganzen Malsachen ordentlich auf einen Stapel auf den Tisch gelegt und ihr Bett gemacht, damit es besonders schön aussah. Auf der Bettdecke lag Noah zu einer kuscheligen Kugel zusammengerollt. Er schlief und schnurrte leise dabei.

»Ist der süß ... unglaublich!«

Idi kniete vor dem Bett und streichelte Noah. »Ich hätte auch so gerne eine Katze. Immer schon. Aber Papa sagt, er hat eine Katzenallergie.«

»Wir haben drei Katzen. Nero gehört Tante Eva, Mihai gehört Mama und Noah mir.«

»Du hast es gut«, seufzte Idi. »Ich hab nur zwei zahme Mäuse. Lina und Lura. Die sind total süß, aber eine Katze ist echt was anderes. Und so ein Bett hab ich mir auch immer schon gewünscht. Mit Sternenhimmel.«

»Das hab ich zum zehnten Geburtstag bekommen. Auch von Eva und Mama.«

»Wo sind die eigentlich?«, fragte Idi.

»Mama ist einkaufen, aber sie wollte nur schnell ein paar Blumen besorgen. Tante Eva besucht Lou. Wer weiß, wann die wiederkommt.« Elli rollte mit den Augen, und Idi kicherte. Elli hatte ihr erzählt, dass sich ihre Tante für Henriettes Vater interessierte.

»Komm. Jetzt stelle ich dir noch Mihai und Nero vor. Die schlafen wahrscheinlich auch gerade. In der Nacht stehen sie auf und stromern durch die Stadt, aber dann kommen sie wieder und legen sich noch mal hin. Noah ist eigentlich immer da, wenn ich einschlafe, und wenn ich aufwache auch wieder.«

Elli ging vor Idi her durch das Haus.

»Hier ist Mamas Zimmer«, sagte Elli und öffnete eine Tür.

Mateas Zimmer war ein schöner Raum mit weißen Möbeln und einem fliederfarbenen Flickenteppich auf den breiten Holzdielen. Auf ihrem Bett lag, wie erwartet, Mihai und hielt ein Schläfchen. Er wachte zur Begrüßung von Idi auf und leckte ihre Finger ab.

Idi kicherte. »Das kitzelt«, sagte sie. Dann hörten sie unten die Haustür zufallen.

»Elli«, rief ihre Mutter. »Ich bin wieder da. Wo bist du denn?«

»Wir sind bei dir im Zimmer«, rief Elli. Eine Minute später öffnete Ellis Mutter die Tür zu ihrem Zimmer.

Elli und Idi standen auf.

Elli sagte: »Mama, das ist meine neue Freundin ...« Aber sie konnte den Satz nicht zu Ende sagen.

Ihre Mutter vervollständigte ihn: »Merida«, sagte sie, und dann ging sie auf Idi zu und nahm sie in den Arm.

»Meine Merida«, flüsterte Matea. Und Elli sah, dass ihr Tränen über die Wangen liefen. Gleichzeitig strahlte sie über das ganze Gesicht. Und überall im Raum fing alles zu schweben an, was nicht niet- und nagelfest war. Die Blumentöpfe erhoben sich vom Fensterbrett und tanzten federleicht durch die Luft, Mateas Kuschelkissen wirbelten durcheinander, und ihre alten Teddybären vollführten Saltos.

»Du auch, Elektra«, flüsterte ihre Mutter durch einen Flor von Freudentränen und zog Elli in die Umarmung hinein.

»Was ist denn um Himmels willen hier los?«, rief Eva von der Tür aus. »Ich will mitfeiern!«

»Schau mal, wer hier ist!« Mateas Stimme war immer noch ein bisschen zittrig.

»Ich fass es nicht«, sagte Eva und schlug vor Freude laut lachend die Hände über dem Kopf zusammen. »Merida, wo kommst du denn her?«

Elli schaute von Eva zu Matea und wieder zurück. »Mama, was ist hier los? Woher kennst du Idi?«

Eva schaute ihre Schwester an: »Die Stunde der Wahrheit, meine liebe Matea. Ich hab dir immer gesagt, dass sie eines Tages kommen würde.«

»Die Stunde der Wahrheit«, sagte Matea. »Oder vielleicht auch die Stunden der Wahrheit. Kommt, wir gehen ins Wohnzimmer. Wir müssen euch was erzählen.«

Im Wohnzimmer setzten sich Elli und Idi auf die große Couch. Elli nahm Idis Hand in ihre Hand. Was jetzt wohl kommen würde?

Matea und Eva blieben stehen.

»Du fängst an«, sagte Eva zur ihrer Schwester.

Aber es fiel Matea sichtlich schwer, den Anfang zu finden.

»Dann mach ich es«, sagte Eva. »Also, Elektra und Merida: Ihr seid Schwestern. Mehr noch als Schwestern. Ihr seid Zwillinge, und ihr seid ...«

»Ihr seid Hexen«, brach es aus Matea heraus. »Ihr seid Hexen wie Eva und ich. Und Eure Oma Matilda und ihre Schwester Esther vor uns. Wie Elektra und Mareike, meine Oma und ihre Schwester. Ihr seid Hexen, wie alle Zwillingschwestern in unserer Familie. Seit Generationen. Seit Menschengedenken. Schon immer.«

Es war ganz still im Raum. Von der offenen Terrassentür her hörte man Vögel zwitschern.

Dann sagte Idi ungewohnt leise: »Dann bist du meine Mutter?« Sie schaute Matea an.

Elli spürte ein Rauschen im Kopf. Was hatte ihre Mutter da gerade gesagt? Idi und sie waren Zwillinge? Ihre Mutter war auch Idis Mutter? Und alle zusammen waren sie Hexen? Das war einfach unglaublich. Und trotzdem wusste sie, dass es stimmte. Sie hatte von Anfang an diese Nähe zu Idi gespürt, und dass sie und Idi gemeinsam magische Kräfte hatten, hatten sie auch ohne Matea rausbekommen. Eigentlich bestätigte ihre Mutter nur, was Elli schon gewusst hatte: Idi und sie gehörten für immer zusammen. Sie waren Schwestern. Elli traute sich nicht, Idi anzusehen. Wie Idi wohl reagieren würde?

Ob sie sich auch freuen würde, aus dem Nichts auf einmal eine Schwester, eine Tante und eine Mutter zu bekommen? Vielleicht war das ein bisschen viel Familie auf einmal, wenn man vorher nur einen Vater gehabt hatte.

»Ja, Merida. Ich bin deine Mutter«, sagte Matea. Sie setzte sich zu Idis Füßen auf den Boden vor der Couch und nahm Idis Hände in ihre Hände. »Elektras und deine Mutter.«

Einen Moment lang herrschte Schweigen, dann sagte Idi: »Wow. Das ist ja cool.«

Elli starrte Idi an. Wie konnte man eine so ungeheuerliche Nachricht nur so gelassen aufnehmen? Idi war einfach toll.

»Wir sind Schwestern«, rief Idi und umarmte Elli stürmisch. »Das ist doch super. Ich habe mir immer eine Schwester gewünscht. Und dabei hatte ich immer schon eine.«

»Wir sind Hexen«, murmelte Elli immer noch verwirrt in Idis Schulter.

»Zuallererst einmal sind wir eine Familie«, sagte Eva. Sie hatte sich auch vor die Couch gesetzt, und jetzt nahmen sich alle vier fest bei den Händen. Es war ein feierlicher Augenblick. Elli hätte die Hände von Idi und Matea am liebsten nie wieder losgelassen.

»Und mein Papa?«, fragte Idi plötzlich. »Ist der ein Zauberer?«

Eva und Matea schauten sich an, Elli merkte, wie sie um Fassung rangen. Es war Matea, die sich schließlich nicht mehr beherrschen konnte. Mit hochrotem Kopf prustete sie los, und am Ende lachten sie beide schallend und hielten sich die Bäuche.

»Was?«, fragte Idi beleidigt. »Was ist daran so lustig?«

»Dein Papa, also euer Papa«, sagte Matea, nachdem sie sich halbwegs wieder beruhigt hatte, »also sagen wir mal so: Der ist kein besonderer Freund vom Hexen oder von Zauberei.«

Eva kicherte immer noch. »Außerdem gibt es gar keine Zauberer«, fügte sie hinzu.

»Echt nicht? Wenn es doch auch Hexen gibt?«, fragte Elli.

»Echt nicht«, sagte Eva. »Die haben sich die Männer nur ausgedacht. Die müssen ja immer mitmischen. Und wenn es nur in ihrer Fantasie ist.«

»Stimmt schon«, sagte Idi, die schon wieder vergessen hatte, dass sie beleidigt gewesen war. »Papa als Zauberer, das kann man sich echt nicht vorstellen. Der hat's gern schön ordentlich und korrekt.«

»Tja, so kann man es wohl sagen«, seufzte Matea.

»Wieso hat er sich dann in eine Hexe verliebt?«, wollte Idi wissen. »Das passt wirklich nicht zu ihm.«

Matea schaute schuldbewusst drein. »Er wusste nicht, dass ich eine Hexe bin. Ich habe es ihm nicht gesagt. Und Eva war nicht da.« Dann stieß Matea Eva in die Seite. »Du hättest es ihm bestimmt gesagt, wenn du da gewesen wärst.«

Eva zuckte mit den Schultern: »Wenn wir zusammen gewesen wären, dann hätte er es wahrscheinlich gemerkt.«

»Warum? Was hätte er dann gemerkt?«, fragte Elli.

»Dass wir beide Hexen sind. Wir haben unsere Hexenkraft nur, wenn wir als Zwillingsschwestern zusammen sind.«

»Wie wir es uns gedacht haben, oder Elli?«, fragte Idi.

»Alleine habe ich nie gezaubert«, bestätigte Elli.

»Wir alle haben besondere Kräfte, wenn wir zusammen sind. Wir kontrollieren die Elemente«, sagte Matea.

»Wow!«, sagte Idi ehrfurchtsvoll. »Die Elemente? Echt jetzt?«

»Ich habe die Kraft des Wassers und des Feuers«, sagte Eva.

»Und ich die der Luft und der Erde«, sagte Matea feierlich. »Euch sind auch jeweils zwei Elemente zugeordnet.«

»Ich habe auch die Kraft, die Luft zu kontrollieren, glaube ich«, sagte Elli.

»Bestimmt hast du die Kraft der Luft, wo du bist, fliegt doch sofort alles hoch«, kicherte Idi.

»Ihr werdet eure Kräfte kennenlernen«, sagte Eva. »Wenn ihr zusammen seid, dann erwachen sie, und ihr werdet immer stärker und lernt, die Elemente, die euch anvertraut sind, zu beherrschen.«

»Die Elemente, die uns anvertraut sind«, wiederholte Idi begeistert.

»Mir ist eine Teetasse, die ich habe fliegen lassen, runtergefallen«, sagte Elli.

»Und die Glühbirne ist dabei zerplatzt«, fiel Idi ein.

»Ihr speist eure Kräfte auch aus den Elementen, aus dem Licht und der Wärme. Das kann am Anfang ganz schön schiefgehen, und manchmal wird es stockdunkel oder eisekalt, wenn ihr zu viel Kraft für eure Kunst braucht.«

»Das stimmt, weißt du noch, beim Salto? Da war plötzlich die Sonne weg, oder?«

»Stimmt«, sagte Idi. »O Mann, ist das aufregend!«

»Ich bin so doof«, sagte Elli plötzlich und schlug sich mit der Hand vor die Stirn. »Dein Vater ist Zahnarzt, oder? Und du wohnst in der Waldmeisterstraße? Merida Fechner? Tochter von Dr. Thomas Fechner?«

»Logo«, rief Idi. »Aber woher weißt du das?«

»Ich war auf der Suche nach ihm, als ich dich getroffen habe. Ich habe seinen Namen in meiner Geburtsurkunde gelesen.«

Matea seufzte und schüttelte ihren Kopf.

»Bist du sauer, Mama?«, fragte Elli.

»Wenn ich sauer bin, dann höchstens auf mich«, sagte ihre Mutter. »Ich war so naiv damals. Ich dachte, ich könnte für euch euer Schicksal entscheiden. Was haben wir uns dabei gedacht?«

»Ja«, sagte Idi und baute sich vor Matea auf, die in einem der großen Sessel verschwunden war. »Was habt ihr euch eigentlich dabei gedacht?«

»Als Papa gemerkt hat, dass ich eine Hexe bin und es ihm verheimlicht hatte, da ist er ausgeflippt«, gestand Matea.

»Und wie hat er es herausgefunden?«, wollte Elli wissen.

»Deine Tante ist zu eurer Taufe gekommen«, sagte Matea nur.

»Und?«, fragte Idi.

»Wir hatten uns so lange nicht gesehen. Es hat ein bisschen gebraucht, bis wir die Kräfte wieder im Griff hatten.«

»Ja, und bis dahin sind halt mal ein paar Sachen durch die Luft geflogen und so.« Eva grinste bei der Erinnerung an diese Zeit.

»Das Irre war, dass ihr schon als Babys Kräfte hattet. Ihr habt euch gegenseitig die Schnuller weggehext und die vollen Windeln durchs Zimmer fliegen lassen«, sagte Eva.

»Und an Evas und meinem Geburtstag, da hat Elli die Torte fliegen lassen. Leider mit den Kerzen. Sie ist durch die Wohnung geflogen und auf dem Sofa gelandet. Und eines der Kissen hat Feuer gefangen.«

»Ich hab's natürlich sofort gelöscht«, sagte Eva »Aber da hat es deinem Vater gereicht. Er hat gesagt, dass er nicht zulässt, dass ihr auch als Hexen aufwachst. Er wollte, dass ihr eine normale Kindheit habt und zu normalen Menschen werdet.«

»Das ist so gemein von ihm«, sagte Idi empört und stampfte mit dem Fuß auf. »Das kann er doch nicht einfach alleine für uns entscheiden.«

Matea schüttelte den Kopf. »Das war er nicht alleine, ich habe es mitentschieden. Ich wäre damals auch lieber normal gewesen. Was auch immer ich mir darunter vorgestellt habe.«

»Was?«, fragten Elli und Idi wie aus einem Mund.

»Doch«, sagte Matea, »Eva und ich hatten eine seltsame Kindheit. Immer zu zweit alleine. Matilda und Esther, das waren noch richtige Hexen. Das könnt ihr euch gar nicht vorstellen. Da konnte man keine Freunde mit nach Hause nehmen. Ich hab mir oft gewünscht, so zu sein wie die anderen Kinder.«

»Du nie, oder?«, fragte Elli ihre Tante.

»Nein, das stimmt nicht. Matea hat recht. Bei echten Hexen aufzuwachsen und versuchen zu müssen, ein normales Leben zu führen, das war nicht immer einfach. Mama und Esther haben sich auch so seltsam angezogen, dass sie überall aufgefallen sind. Uns war das schrecklich peinlich.«

Elli dachte daran, dass ihr Eva auch manchmal peinlich war. Mit ihrer lauten Art und ihren Nelkenzigaretten. Auf einmal schämte sie sich dafür, aber dafür war keine Zeit, denn Matea und Eva erzählten weiter.

»Als wir Kinder waren, haben wir in einer Kommune gewohnt. Mit ganz vielen anderen Hexen«, sagte Matea.

»Oder welchen, die sich für Hexen gehalten haben.« Eva stöhnte beim bloßen Gedanken daran.

»Als wir dann alt genug waren, selbst zu entscheiden, da wollten wir versuchen, ein normales Leben zu führen. Nicht nur Matea. Ich wollte damals auch keine Hexe sein.«

»Es gibt noch andere Hexen?«, fragte Elli entgeistert, die nicht fassen konnte, was ihre Mutter da gerade gesagt hatte.

»Natürlich«, Eva zuckte mit den Achseln. »So einzigartig sind wir nun auch nicht.«

»Krass«, sagte Idi. »Und Oma und Esther? Wo sind die jetzt?«

»Die sind in den hintersten Winkel von Rumänien gezogen und leben da so, wie sie sich ein Hexenleben vorstellen. Mit nächtlichen Besenritten und Kesseln voll Zaubertrank ...«

»Und bringen wahrscheinlich die Einheimischen um den Verstand«, murmelte Eva vor sich hin.

»Sie haben mir nie verziehen, dass ich euch getrennt habe. Aber Tante Eva hat zu mir gehalten. Sie ist zu mir gezogen. Ohne Eva hätte ich das nie geschafft.« Matea standen schon wieder Tränen in den Augen.

»Was das?«, fragte Elli.

»Dich«, sagte Matea und lachte durch die Tränen hindurch. Sie boxte Elli in die Seite. »Ich bin so froh, dass der Spuk vorbei ist und dass ich euch endlich die Wahrheit sagen kann.«

»Und ich bin so froh, dass der Spuk jetzt endlich anfängt«, lachte Idi. Dann hob sie ein Buch hoch, das auf dem Couchtisch lag und machte: »Puff«. Und es war weg.

Matea und Eva klatschten vor Begeisterung, aber Elli hatte noch eine Frage.

»Was machen wir denn nun mit Papa? Ich will ihn auch kennenlernen. Sagen wir ihm, dass wir uns getroffen haben? Oder meint ihr, er würde mich auch gleich erkennen, wie ihr beide Idi erkannt habt.«

»Sicher nicht«, sagte Eva und schüttelte den Kopf. »Das müssten wir ihm sagen.« Wohl schien ihr bei dem Gedanken nicht zu sein.

»Wir können doch nicht einfach so tun, als ob sich nichts verändert hätte. Wir sind wieder eine Familie und er ahnt nichts? Oder meint ihr, er würde sich nicht freuen, mich kennenzulernen?«

»Bestimmt wird er sich freuen«, sagte Idi und nahm Ellis Hand. »So schlimm ist er gar nicht. Wir sagen es ihm.« Dann überlegte sie nochmal. »Nur vielleicht nicht jetzt gleich, wo er so im Stress mit Nadine ist.«

»Wer ist denn Nadine?«, fragte Eva.

»Nadine ist Papas Freundin. Seit einem Jahr oder so. Sie wohnt in Berlin und macht ihm gerade Stress, dass er zu ihr ziehen soll.«

»Wirklich?«, fragte Matea.

»Na ja, er hat sich bis jetzt immer geweigert. Auch weil ich nicht aus Hamburg wegwollte. Aber vielleicht hab ich gerade meine Meinung geändert? Vielleicht kann ich mir ja inzwischen vorstellen, in Berlin zu wohnen?«, sagte Idi und strahlte Elli augenzwinkernd an.

Idi war selig, das merkte Elli deutlich. Auf einen Schlag hatte sie eine Zwillingsschwester, eine Mutter, eine Tante und ... Hexenkräfte. Schöner konnte Idis Leben gar nicht sein, und darüber war Elli unendlich glücklich.

»Kannst du heute hierbleiben, bis es dunkel ist?«, fragte Matea Idi. »Dann fliegen wir alle zusammen.«

»Was?«, schrie Idi. »Elli, ich flipp aus. Heute Abend fliegen wir! Ob ich bleiben kann? Natürlich kann ich bleiben. Am liebsten würde ich für immer hierbleiben.«

13

Fliegen ist schöner

Ein paar Stunden später saßen sie auf dem Dach des Hauses, in dem Elli aufgewachsen war. Sie waren über eine kleine Holztreppe hinaufgeklettert. Jetzt saßen sie gemütlich zwischen zwei Dachgauben. Eva rauchte eine Nelkenzigarette, und Matea hatte sich ein Glas Rotwein, das sie auf ihren Knien balancierte, mit aufs Dach genommen. Es war noch nicht ganz dunkel, am Horizont konnte man noch den letzten Streifen der orangefarbenen Sonne sehen.

»Warum sollen wir warten, bis es dunkel wird? Kann man nur nachts fliegen?«, wollte Idi wissen.

»Quatsch«, sagte Eva und blies große Rauchkringel vor sich her. »Aber nachts macht es besonders viel Spaß.«

»Fliegen kann man immer«, bestätigte Matea. »Ist eigentlich wie Radfahren.«

»Wie Radfahren!«, sagten Elli und Idi gleichzeitig und sahen sich an. Ob das so leicht sein würde?, dachte Elli. Und ob sie jemand dabei beobachten würde? Aber im Moment saßen sie gut versteckt zwischen den beiden Gauben.

»Komisch, diese Dachgauben sind mir noch nie aufgefallen«, murmelte Elli.

»Stimmt, die gibt es ja auch nicht. Das ist ein Zauberraum hier«, sagte Eva.

»Was ist das? Ein Zauberraum?« Elli kam aus dem Staunen nicht mehr heraus.

»Na ja, von einem Zauberraum aus fliegt es sich noch leichter als von einem wirklichen Ort aus. Wir dachten, für den Anfang ...«, erklärte Matea.

»Weil uns sonst einer sehen würde?«, fragte Idi.

»Ne, das ist es nicht«, meinte Eva. »Die Menschen sehen nur, was sie sehen wollen. Was sie nicht wissen, sehen sie nicht. Natürlich gibt es immer ein paar Menschen, die an Hexen glauben. Aber mal ehrlich, wer glaubt schon jemandem, der an Hexen glaubt?«

Eva und Matea lachten zusammen leise auf.

»Also wir fliegen jetzt von einem Zauberraum aus?« Elli versuchte zu verstehen, was da gerade vor sich ging. »Und was ist das: ein Zauberraum?«

»Ja, genau. Zauberräume sind geschützte Räume. Zauberräume zu erschaffen, das ist die hohe Kunst der Hexerei«, sagte Eva stolz.

»Das können nicht alle Hexen«, bestätigte Matea. »Aber Eva und ich, wir können es zusammen. Wir schaffen Räume, die nur in unserer Fantasie existieren und in die nur Menschen oder Hexen mit guten Absichten hineinkommen können.«

»Gibt es denn Hexen mit bösen Absichten?«, fragte Idi.

»Ja«, sagte Matea. »Die gibt es leider auch. Nicht besonders viele, aber es gibt ein paar wenige Hexen, die es schaffen, den Ehrenkodex der Hexen für sich auszuschalten.«

»Den Ehrenkodex der Hexen?«, fragte Elli.

»Ja, es gibt einen Ehrenkodex der Hexen. Und wir haben uns immer an ihn gehalten. Es heißt, man verliert seine Zauberkräfte, wenn man es nicht tut«, erklärte Eva.

»Aber das weiß keine so genau«, sagte Matea. »Keine, die wir kennen.«

»Und wie geht der, dieser Ehrenkodex?«, wollte Idi wissen.

»Wie der geht?« Eva und Matea schauten sich an, dann gaben sie sich die Hand und sprachen langsam gemeinsam:

»Lass Leben und Lieben,
Beug davor die Knie.
Lass Krankheit und Wetter,
Das änderst du nie.
Weisheit und Sanftmut beherrsche dein Tun,
Sonst lass deine Kräfte du lieber ruh'n.«

Elli spürte, wie ihr ein kalter Schauer den Rücken herunterrann.

»Und was bedeutet das?«, fragte sie sehr leise.

»Dass gute Hexen keinen Liebeszauber hexen, das heißt ‚lass Lieben'«, sagte Eva.

»Und ›lass Leben‹ heißt, dass man Menschen, die im Sterben liegen, nicht dabei stören darf. Für jeden kommt eine Zeit. Mit dem Gedanken muss man zurechtkommen«, sagte Matea.

»Und Krankheiten soll man nicht weghexen, sie kommen irgendwie wieder zurück und dann meistens schlimmer als zuvor«, sagte Eva.

»Und das Wetter ist auch so ein ewiges Thema. Man kann sich mal einen schönen Nachmittag hexen, für einen Geburtstag oder einen besonderen Ausflug oder so. Aber keinen Juli, an dem es jeden Tag dreißig Grad hat, so kann man sich nicht in die Natur einmischen. Dann sterben Pflanzen und Tiere. Die haben ihr eigenes Gleichgewicht«, sagte Matea.

»Der Rest erklärt sich wohl von selbst«, sagte Eva streng. »Wenn ich nicht vorhabe, etwas Gutes zu hexen, dann lasse ich es wohl besser, oder?«

»Okay, wow. Das klingt alles toll, aber wollten wir nicht fliegen?« Idi schien der theoretische Teil des Hexenseins zu lang zu dauern.

»Ja, bitte«, sagte jetzt auch Elli.

»Gerne«, sagte Matea. »Es ist nur so ...«, sagte sie und schaute ihre Schwester an.

»Ja, also, es ist so.« Eva räusperte sich. »Wir wissen nicht, wie wir fliegen gelernt haben«, sagte sie dann entschuldigend. »Wir haben es einfach schon immer gekonnt. Ihr könnt euch doch auch nicht daran erinnern, wie ihr laufen gelernt habt.«

»Deshalb wissen wir auch nicht genau, wie wir es euch beibringen sollen«, sagte Matea verlegen.

»Dann zeigt es uns doch wenigstens mal!« Jetzt wurde Elli plötzlich ungeduldig.

»Sehr, sehr gerne«, sagte Tante Eva. Sie stand auf, schnippte ihre Zigarette in den Kamin und griff dann in die Luft. Und schon hatte sie einen Besen in der Hand. Sie schwang sich auf ihn, rief: »Los geht's«, und dann sauste sie in einem irren Tempo einige Runden um das Haus.

Ellis Haare und ihr Rock flogen hoch in die Luft, als Eva im Schwung wieder neben ihr landete.

»Du reitest auf einem Besen?« Elli war total fasziniert.

»Wow, das sieht toll aus«, fiel Idi ein.

»Als Hexe ist deine Tante ein richtiger Spießer. Rote Haare, schwarze Katze, da darf der Besen nicht fehlen«, feixte Matea.

Elli starrte ihre Mutter an. So ausgelassen und froh hatte sie sie schon lange nicht mehr gesehen. Und Tante Eva als Spießer? Das konnte sich Elli einfach nicht vorstellen. Als Mensch war Eva immer darauf bedacht, das Gegenteil von spießig zu sein.

»Und du?«, fragte Elli ihre Mutter. »Wie fliegst du?«

»So«, sagte Matea und glitt vom Dach. Sie hatte die Arme erst nach vorne ausgestreckt, dann zog sie sie langsam an ihren Körper heran. Ein bisschen sah es aus, als würde sie schwimmen, nur leichter und eleganter. Elli glaubte ihren Augen nicht zu trauen. Genauso hatte es sich angefühlt, als sie im Traum geflogen war.

»Macht das noch nicht nach, wenn ihr alleine und nicht im Zauberraum seid«, sagte Matea und landete wieder neben ihnen auf dem Dach. »Fliegen sieht leicht aus und ist es irgendwann auch, aber am Anfang ist es schwer. Noch könnt ihr die Elemente nicht kontrollieren. Und zum Fliegen muss man die Luft beherrschen.«

Elli betrachtete ihre Mutter bewundernd. Sie war sich nicht sicher, ob sie jemals so fliegen würde. Trotz Traum und allem. Würde es bei ihr auch nur zu einem Ritt auf dem Hexenbesen reichen?

»Sollen wir es zuerst auf dem Besen probieren?«, fragte jetzt auch Idi.

»Das ist auch nicht einfacher«, sagte Tante Eva beleidigt. »Die Elemente musst du beherrschen. So oder so. Es ist einfach nur eine Frage des Stils.«

»Eine Frage des Besenstiels«, kicherte Elli, und Idi fiel mit ein.

»Ach, macht doch was ihr wollt«, sagte Eva und rauschte durch die Nacht ab.

»Schade«, sagte Elli. »Ich dachte, sie würde uns vielleicht eine Runde mitnehmen.«

»Das macht sie sicher gleich«, tröstete Matea. »Lange ist sie ja nie beleidigt.«

»Ne, dazu ist sie zu vergesslich!« Elli kicherte wieder.

Und wirklich dauerte es nur ein paar Minuten und Eva tauchte samt Besen hinter der Dachgaube wieder auf.

»So, wer von euch Hosenscheißern traut sich jetzt, mit mir zu fliegen?«

Elli und Idi standen beide auf und sprangen vor Aufregung auf dem Dach auf und ab.

»Ich, ich, ich«, riefen beide gleichzeitig.

»Dann steig mal auf, Idi«, sagte Eva und rutschte auf dem Besenstiel ein Stück nach vorne.

Idi strahlte und kletterte hinter Eva. »Gut festhalten«, befahl Eva. »Fester«, sagte sie, bis Idi beide Arme um sie geschlungen hatte. »Und los geht's«, rief Eva schon wieder, und dann verschwanden die beiden in einer steilen Kurve Richtung Mond in den Himmel.

»Wow«, sagte Elli. »Sie fliegt!«

»Du gleich auch«, sagte ihre Mutter und lächelte. »Gib mir deine Hand.«

»Was? Ohne Besen?«, fragte Elli. »Was soll ich machen?«

»Es ist nur ein Schritt vom Dach runter«, sagte ihre Mutter. »Sobald du in der Luft bist, wirst du fliegen. Im Zauberraum kontrolliere ich die Luft für dich, aber du wirst es schnell lernen, du bist zum Fliegen geboren. Ich träume schon so lange davon, mit dir zu fliegen.«

»Ich auch«, sagte Elli. »Das habe ich auch schon geträumt.«

»Dann weißt du ja, wie es ist«, sagte ihre Mutter. Sie schauten sich an, dann nickte Matea ihr zu, und gemeinsam machten sie einen großen Schritt vom Dach herunter.

Elli merkte gleich, dass die Luft sie trug. Ja, sie spürte es, die Luft war ihr Element. In der Luft an der Hand ihrer Mutter in Richtung Mond fliegend, fühlte sie sich sicherer als jemals zuvor. Sie war leicht und stark zugleich, geschmeidig, aber auch kraftvoll. Sie ließ den Boden unter sich, der Mond und die monddurchleuchteten Wolken zogen sie magisch an. Die Luft war mild, sie war ihr Freund. Fliegend blickte sie auf die Häuser der Stadt herunter.

Sie hatte keine Sekunde Angst. Hier oben konnte sie alles. Sie ließ die Hand ihrer Mutter los und lenkte ihren Körper mit minimalen Bewegungen ihrer Arme. Sobald sie sie richtig zum Einsatz brachte, verdoppelte und verdreifachte sich die Geschwindigkeit. Sie flog mit einem Käuzchen um die Wette, als sie ihre Mutter rufen hörte.

»Komm, Elli, komm zurück. Du fliegst zum ersten, aber nicht zum letzten Mal.«

Elli schaute zum Mond und in die Sterne. Es war eine große Sehnsucht in ihr geweckt worden, und es fiel ihr schwer, auf ihre Mutter zu hören. Aber Idi rief auch nach ihr. Sie war schon wieder auf dem Dach gelandet, und schließlich gab Elli nach und flog zurück. Unendlich elegant landete sie neben Idi und Eva auf dem Dach.

»Wow, wie du fliegst. Das ist der Hammer! Ganz alleine und ohne Besen.«

»Der Besen macht es nicht einfacher ...«, schimpfte Eva schon wieder. »Das denkt man immer, aber ...«

Elli und Idi hörten ihr gar nicht zu.

»Danke, du fliegst aber auch toll!«, sagte Elli großzügig, auch wenn beide wussten, dass es Elli war, die ihr Element gefunden hatte.

»Wann können wir ohne Zauberraum fliegen?«, fragte Elli

»Ich weiß es nicht, wir müssen es irgendwann einfach probieren. Aber nicht jetzt, jetzt wird es zu spät. Idi muss noch nach Hause.«

»Nach Hause«, schnaubte Idi empört. »Als ob das mein Zuhause wäre, die Wohnung der Freundin meines Vaters.«

»Oh, Idi, es tut mir leid. Das wollte ich so nicht sagen«, entschuldigte sich Matea. »Aber zu Hause ist doch, wo dein Vater ist, oder?«

»Ja«, sagte Idi. »Aber jetzt ist zu Hause auch, wo ihr seid.«

»Und das ist schön«, sagte Eva. »Alles Weitere wird sich finden, okay?«

»Okay«, sagten alle vier und gaben sich die Hand darauf. Aber Elli hätte gerne gewusst, wie ihr Vater reagieren würde, wenn er von ihr hörte. Für Idi schien das alles so leicht. Die machte sich keine Sorgen über Dinge, die sie nicht ändern konnte.

»Morgen komm ich wieder, bevor ich nach Hamburg zurückfahre. Versprochen«, sagte Idi, als sie an der Haustür stand, um zu gehen.

Elli umarmte sie. »Schreib mir, wann. Okay?«

»Mach ich«, sagte Idi, und dann ging sie.

14

Aller Anfang ist nass

Am nächsten Tag hatte Idi nur zwei Stunden Zeit. Eigentlich wollte ihr Vater sie gar nicht gehen lassen, aber Nadines Sohn war auch bei einem Freund, deshalb durfte Idi schließlich doch noch kurz weg.

»Zuerst wollte er mich abholen«, sagte Idi zu Elli. »Aber das konnte ich gerade noch verhindern.«

»Oje, wenn er Mama oder Tante Eva begegnen würde. Vielleicht dürftest du dann nie wiederkommen.«

Sie saßen auf Ellis Himmelbett und spielten mit Noah.

»Das würde ich mir nie mehr verbieten lassen«, sagte Idi. »Ich bin so froh, dass du nach Hamburg gekommen bist!«

»Und wie soll es nun weitergehen?«, fragte Elli. »Wir können uns doch nicht nur mal am Wochenende sehen, wenn du zufällig hier bist, bei dieser Nadine.«

Idi spielte gedankenverloren mit Noahs Katzenball.

»Ja, zumal Papa und Nadine gestern wieder gestritten haben. Wer weiß, vielleicht trennen sie sich auch. Dann war es das mit den vielen Berlin-Besuchen für uns.«

»Warum streiten die beiden eigentlich so viel?«, fragte Elli.

»Immer noch über Berlin und ihre Praxis. Nächsten Samstag

kommt einer, der sie besichtigen soll. Wenn er die Praxisräume übernehmen will, dann muss Nadine sich was Neues suchen.«

»Und das will sie nicht?«, fragte Elli.

»Natürlich nicht. Sie will ihre Praxis nicht verlieren. Außerdem sagt sie, dass sie das Pendeln satt hat. Papa soll zu ihr ziehen. Sie will, dass er sich die Praxisräume mit ihr teilt.«

»Aber Papa will nicht?«, fragte Elli.

»Papa ist stur wie immer. Er sagt, dass er sich nicht unter Druck setzen lässt. Dass er auch eine Praxis und Patienten in Hamburg hat und dass er Rücksicht auf mich nehmen muss.«

Dann grinste Idi: »Außerdem hat er noch gesagt, dass sie selbst schuld ist, wenn sie so dämlich ist, einen Mietvertrag zu unterschreiben, mit dem sie innerhalb von drei Monaten vor der Tür stehen könnte.«

»Autsch!« Elli verzog das Gesicht. »Das kam sicher nicht gut an.«

»Nö«, sagte Idi und grinste noch immer.

»Und hast du was dazu gesagt?«, fragte Elli vorsichtig.

»Ne, gestern sind echt die Fetzen geflogen. Da hatte ich keine Lust, mich einzumischen. Der doofe Mark hat auch nichts gesagt, der war nur in seinem Zimmer mit seinen Riesenkopfhörern und hat Musik gehört.«

»Wer ist denn Mark?«, fragte Elli.

»Hab ich dir doch erzählt«, sagte Idi. »Das ist Nadines behämmerter Sohn.«

»Und wieso ist der behämmert?«

»Ist doch jetzt egal«, sagte Idi. »Jedenfalls müssen Papa und Nadine sich wieder vertragen, sonst kann ich euch nicht mehr so oft besuchen. Alleine darf ich bestimmt nicht nach Berlin fahren.«

Elli wusste nicht, was sie sagen sollte. Idi musste unbedingt wieder nach Berlin kommen.

»Also«, sagte Idi, als Elli schwieg. »Mit dem Streiten aufhören, das wäre Schritt eins. Aber hexen dürfen wir das ja leider nicht.«

Daran hatte Elli überhaupt nicht gedacht. »Du willst hexen, dass sie sich nicht streiten?«

»Nein, eben nicht, sag ich ja gerade. Das geht doch nicht, das ist gegen den Ehrenkodex!«

Stimmt, dachte Elli. Idi hatte also doch zugehört, als Matea und Eva erklärt hatten, was Hexen hexen dürfen und was nicht.

»Aber vielleicht können wir verhindern, dass dem Typ nächsten Samstag die Räume gefallen«, sagte Idi. »Wenn er die Praxis nicht mieten will, dann muss erstmal ein anderer Mieter gesucht werden. Und vielleicht findet sich kein neuer, oder nicht sofort.«

»Und dann?« Elli hatte immer noch nicht verstanden, worauf Idi hinauswollte.

»Oh? Mann, bist du langsam«, stöhnte Idi. »Dann muss Papa sich nicht gleich entscheiden, ob er nach Berlin ziehen will oder nicht. Dann hat er mehr Zeit und nicht die Pistole auf der Brust, wie er sagt. Alles bleibt erstmal so, wie es ist, und wir können uns treffen. «

»Okay«, sagte Elli zögernd. »Aber wie willst du verhindern, dass die Praxis vermietet wird?«

»Ich hab mir etwas überlegt, gestern, als ich nicht schlafen konnte«, sagte Idi geheimnisvoll.

»Los, sag schon!«, sagte Elli ungeduldig.

»Wir müssen es hinkriegen, dass ihm das Haus nicht gefällt, also dem neuen Mieter, nicht Papa. Sodass er gar nicht einziehen will.«

»Und wie willst du das machen?«

»Wir gehen mit durchs Haus, wenn er es sich anschaut, und wir zaubern Wasserflecken an die Tapete und Schimmel ins Bad und vielleicht Risse in die Wand.«

»Wow, du bist genial«, seufzte Elli voller Bewunderung für ihre Zwillingsschwester. »Aber dann müssen wir es alles wieder wegzaubern«, fiel ihr ein. »Meinst du, das schaffen wir?«

»Wir müssen es natürlich vorher ausprobieren, am besten jetzt. Wann auch sonst? In einer Stunde muss ich weg, und nächsten Samstag ist schon der Termin.«

»Hier?«, fragte Elli zögernd und sah sich in ihrem schönen Zimmer um. Den hellen Dielenboden hatte sie gerade noch mit Eva und Matea abgeschliffen und lackiert. Eine Heidenarbeit war das gewesen. Gestrichen hatten sie auch letztes Jahr erst. Elli hatte sich für eine Wand einen Türkiston ausgesucht, der Rest war in einem schönen Cremeweiß gestrichen. Wasserflecken an ihrer türkisfarbenen Wand, das war das Letzte, was sie in ihrem Zimmer hexen wollte.

»Idi, ich weiß nicht ...«, fing Elli an, aber da war es bereits geschehen.

An der Wand gegenüber von ihrem Bett war ein dunkler Fleck zu sehen.

Elli schaute zu Idi, die mit hochrotem Kopf und starrem Blick den Fleck fixierte, der immer größer wurde.

»Idi, es reicht«, schrie Elli. »Schau doch, es klappt!«

Aber der Fleck wuchs weiter, er breitete sich über die Wand aus, und jetzt begann das Wasser, nach unten zu fließen und auf dem Boden Pfützen zu bilden.

»Idi, stopp, es funktioniert. Jetzt musst du es wieder wegzaubern.«

»Ich versuch's!«, rief Idi verzweifelt. »Es klappt nicht. Du musst mir helfen.«

Elli schaute auf den Wasserfleck, der sich mittlerweile auf die ganze Wand ausgedehnt hatte. Sie versuchte, ruhig zu bleiben und sich zu konzentrieren. Dieses ganze Wasser sollte einfach nur verschwinden. Aber statt zu verschwinden, löste es sich aus den Pfützen auf dem Boden und flog in Tropfen nach oben zur Zimmerdecke, es war wie ein Regen von unten. Empört maunzte Noah und verschwand mit einem Riesensatz aus Ellis Zimmer.

»Idi, du musst es verschwinden lassen. Bitte, konzentrier dich!«

Aber es wurde nur immer mehr Wasser, und die Tropfen peitschten mit immer größerer Geschwindigkeit an die Decke. Elli wurde panisch, ihr schönes Zimmer war total verwüstet, das Regal mit all den Büchern, die sie liebte, war tropfnass.

»Gib mir deine Hand, Idi. Wir müssen das schaffen.«

Als sich Ellis und Idis Hände berührten, war der Spuk schlagartig vorbei. Der Regen hörte auf. Das Wasser lief in einer großen Lache auf dem Boden zusammen. Alles war nass. Idi und Elli standen da wie begossene Pudel.

»Elli, es tut mir leid. Ich hätte dich fragen müssen. Wie sollen wir das nun alles wieder trocken bekommen?«

»Keine Ahnung«, sagte Elli erschlagen. »Ich hol mal einen Putzeimer. Was Besseres fällt mir gerade nicht ein.«

Als sie an der Tür war, hörte sie von unten ihre Mutter rufen. »Was zum Blocksberg macht ihr da oben? Hier tropft es von der Decke!« Und schon stand Matea neben Elli in der Tür. Die Treppe hochgegangen war sie sicher nicht.

»Ach, du meine Güte«, sagte Matea und brach in schallendes Gelächter aus.

»Mama«, sagte Elli empört. »Das ist überhaupt nicht witzig!«

»Find ich schon«, kicherte Matea und drehte sich im Zimmer einmal um sich selbst. In Sekundenschnelle war alles Wasser ver schwunden, Elli und Idi waren trocken, Ellis Bücher waren gerettet, und auch Noah schaute wieder zur Tür herein.

»Wie hast du das ...?«, fragte Idi fassungslos.

»Wie ich das gehext habe? Wenn ich dieses bisschen Wassers nicht Herr werden könnte, dann wäre ich eine ganz schlechte Hexe«, lachte Matea.

»Dabei ist Wasser noch nicht mal dein Element«, sagte Idi unglücklich. »Dann bin ich sicher die schlechteste Hexe, die du kennst?«

»Quatsch«, sagte Matea. »Du bist nur eine sehr junge und komplett unerfahrene Hexe. Ich bin sehr stolz auf dich, dass du so viel Wasser herzaubern konntest.«

Sie nahm Idi in den Arm und gab ihr einen Kuss. »Und aufhalten konntest du es offensichtlich auch. Aufräumen ist dann die nächste Stufe.«

Irre, dachte Elli glücklich. Es gab bestimmt nicht viele Mütter auf dieser Welt, die ihre Kinder dafür loben würden, dass sie gerade ihr Zimmer in ein absolutes Chaos verwandelt hatten.

»Ich muss noch mal in die Praxis«, sagte Matea, »Eva ist unten, falls was ist. Macht keinen Blödsinn!« Sie zwinkerte den beiden zu,

Als Matea die Tür hinter sich geschlossen hatte, stöhnte Idi: »Mist, Elli, stell dir vor, wir hexen das bei Nadine zu Hause und schaffen es dann nicht, es zu stoppen. Und Nadine muss den Schaden bezahlen. Mein Vater flippt total aus.«

Idi hat recht, dachte Elli. Ihr Vater war keine Hexe und noch nicht mal ein Zauberer. Ihre Mutter, die wusste, dass ein Zaubertrick auch mal schiefgehen konnte, aber ihr Vater? Und wenn er wütend wurde, dann durften Elli und Idi sich vielleicht nicht wiedersehen.

»Und wenn wir Mama und Eva einweihen?«, fragte Elli.

Idi überlegt. »Vielleicht«, sagte sie schließlich. »Obwohl, wenn trotzdem etwas schiefgeht? Hinterher ist Papa auf Mama sauer.

Nein, das geht nicht.« Sie schüttelte energisch den Kopf. »Irgendwann müssen wir sie so weit haben, dass sie zumindest wieder miteinander reden. Ich habe keine Lust, für immer nur heimlicher Zwilling zu sein.«

»Stimmt«, sagte Elli. »Wäre es nicht schön, wenn sich die beiden wieder vertragen würden?«

»Wenn man sich einmal verlieben kann, kann man sich doch sicher ein zweites Mal verlieben, oder?«, sagte Idi cool.

»Und dann wären wir wieder zusammen?«, fragte Elli. »Meinst du das?« Genau das gleiche hatte sie sich heimlich auch schon gewünscht.

»Jedenfalls darf Papa jetzt nicht sauer sein auf Mama. Wir müssen das alleine schaffen! Aber jetzt brauche ich erstmal was zu trinken.«

«Komm mit in die Küche, vielleicht ist noch Cola im Kühlschrank.«, meinte Elli.

»Super! Von Wasser habe ich echt genug!« Idi lachte.

»Na, ihr beiden, wie geht's? Amüsiert ihr euch?«, fragte Eva, als die Mädchen in der Küche auftauchten.

»Hat Mama dir etwa ...«,begann Idi, aber Eva unterbrach sie: »Wasser ist schwer. Wollen wir zusammen üben?«

»Echt jetzt?«, rief Idi und umarmte Tante Eva.

»Echt jetzt!«, lachte die.

»Au ja!«

Eva drehte den Wasserhahn auf: »Ich zeig dir, wie du das Wasser leitest.« Sie machte eine minimale Bewegung mit der rechten Hand, und schon floss das Wasser nicht mehr ins Spülbecken, sondern in einem Bogen in die Küche hinein, schwang sich in der

Mitte des Raumes zu einem Herz, blieb einen Moment so stehen und schoss dann schwungvoll ins Becken zurück. Kein einziger Spritzer war danebengegangen.

Elli und Idi klatschten begeistert.

»Jetzt du«, sagte Eva. »Konzentrier dich auf die Form, die das Wasser haben soll. Das ist das Wichtigste.«

Idi starrte auf den Wasserstrahl. Dann holte sie mit der Hand aus, und eine Fontäne schoss in die Küche, blieb einen Moment als große Wasserblase in der Luft stehen und platzte dann über Ellis Kopf auseinander.

»Sehr witzig«, sagte Elli.

Eva lachte schallend und trocknete dann Elli mit einem Augenzwinkern.

»Was sollte das denn für eine Figur darstellen?«, fragte sie Idi, als sie wieder reden konnte.

»Auch ein Herz«, sagte Idi beleidigt.

»Ach, Idi, sei nicht sauer. Komm, wir machen es zusammen«, tröstete Tante Eva.

»Dass du es kannst, ist ja klar«, brummte Idi.

»Ich mach es nicht alleine, ich versprech es dir!«

Und dann übten Idi und Eva solange gemeinsam Wasserherzen, bis Idi sagte: »Jetzt lass mich mal.«

Elli saß etwas gelangweilt daneben. Dreimal war sie noch nass geworden, eigentlich war es jetzt genug, fand sie.

»Elli, für dich«, sagte Idi. »Schau mal.«

Idi fixierte den Wasserhahn, bewegte nur ganz leicht ihre Hand und flüsterte drei Worte. Und diese drei Worte zeichnete der Wasserstrahl jetzt in der Luft nach.

»Elli und Idi« schrieb er in die Luft. Am Ende der Schlaufe, beim letzten i brach er in sich zusammen, natürlich über Ellis Kopf.

Aber Elli applaudierte trotzdem wie wild.

»Das war Klasse!«, rief auch Tante Eva. »Du wirst noch einmal eine der ganz großen Wasserhexen. Respekt.«

»Das klappt«, stöhnte Idi und versuchte, sich eine blonde Locke von der verschwitzten Stirn zu pusten. »Ich muss jetzt los, Elli bringst du mich noch zur Tür?«

»Na klar!«

«Tschüss, Eva! Bis nächste Woche!«

»Tschüss, Idi! Ich freu mich schon jetzt auf dich!«

An der Tür flüsterte Idi Elli zu: »Wir sehen uns nächsten Samstag. um 12 Uhr bei Nadine. Um 13 Uhr kommt der neue Mieter. Und denk daran: Eine zweite Chance haben wir nicht. Es darf nichts schiefgehen!«

Dann ging Idi und Elli winkte ihr von der Tür aus noch lange hinterher.

Am Abend war Elli so müde, dass sie kaum noch die Augen offen halten konnte.

»Ich geh ins Bett, Mama«, sagte sie zu ihrer Mutter, die gerade in der Küche das Abendessen vorbereitete.

»Nichts mehr essen?«, fragte sie.

»Ich kann nicht mehr«, sagte Elli.

»Anstrengend das Zaubern, oder?« Ihre Mutter gab ihr einen Kuss.

»Mega«, sagte Elli und ging in ihr Zimmer, ihre Mutter ging ihr nach. »Komm, ich deck dich zu.«

Matea nahm die Decke und legte sich einen Moment neben Elli. Ob Mama sich überhaupt noch daran erinnerte, wie sie zaubern gelernt hatte?, dachte Elli. Sie war doch immer schon als Hexe aufgewachsen.

»Mama«, sagte Elli. »Waren Oma und ihre Schwester wirklich furchtbar? Hattest du deine Mama gar nicht lieb?«

»Doch, Elli. Lieb hatten wir sie natürlich schon, aber Esther und Matilda waren schon schwierig.«

»Warum denn?«, fragte Elli.

»Ich weiß es auch nicht so genau«, sagte ihre Mutter und strich ihr über die Haare.

»Wir haben einen großen Fehler gemacht, als wir dich und Idi getrennt haben. Das hätten wir nicht tun dürfen, aber ansonsten habe ich mich immer darum bemüht, dass es dir gut geht. Und ich habe versucht, dir zuzuhören.«

»Und das war bei euch anders?«, fragte Elli.

»O ja, das war anders«, seufzte Matea. »Esther und Matilda, die waren vernarrt ins Hexensein. Als ob es nichts anderes gäbe. Eva und ich, wir wollten sein wie die anderen Kinder. Mit Jeans und T-Shirts. Aber das gab es bei uns nicht. Wir mussten seltsame Cordkleider tragen und irgendwelche Blusen. Die anderen haben uns ausgelacht.«

»Echt?«, fragte Elli.

»Ja, aber das war nicht das Schlimmste, es gab auch andere Kinder, die in seltsamen Klamotten rumliefen.«

»Was war denn das Schlimmste?«, wollte Elli wissen.

»Dass es nie um uns ging, sondern immer nur um die beiden. Jeden Urlaub sind wir nach Rumänien oder Bulgarien zu anderen Hexenfamilien gefahren. Alle anderen waren in Italien oder Frankreich, am Meer oder in den Bergen. Wir waren immer nur in irgendwelchen seltsamen Höhlen und haben neue Zaubertricks lernen sollen. Im Urlaub!«

»Echt? Das kann ich mir gar nicht vorstellen«, sagte Elli.

»Das war aber so. Es drehte sich alles nur um Esther und um Matilda. Eva und ich mussten immer das mitmachen, was die beiden machen wollten.«

»Das ist bei uns anders, oder Mama?«

»Ich bemühe mich jedenfalls darum«, sagte Matea.

»Ich hab dich lieb, Mama«, sagte Elli.

»Ich dich auch«, sagte Matea. »Und jetzt schlaf schön.«

»Liest du noch was vor, Mama?«

»Ein Kapitel«, sagte Matea und schlug das Buch auf, das sie gerade gemeinsam lasen.

15

Merkt er was?

Als Elli am Montagmorgen in die Schule ging, fühlte sich alles anders an. Obwohl eigentlich nichts anders war. Sie war Elli, wie immer. Josefine würde einen Grund finden, sie zu ärgern, und ohne Idi in der Nähe würde sie noch nicht mal eines der vielen Eichenblätter, die nun allmählich braun verfärbt von den Bäumen fielen, in die Luft zaubern können. Trotzdem bekam sie bei dem Gedanken an ihre zauberhafte Zwillingsschwester gute Laune. Egal, was ihr hier passieren würde, egal, wie fies Frau Sauter wäre, das war nur ein kleiner Teil von Ellis Leben. Der Rest, das eigentlich Wichtige, spielte sich woanders ab.

Philip hätte sie gerne von Idi erzählt. Aber sie wusste nicht wie. Er hätte ihr nicht geglaubt. Sie hätte ihm ja auch nicht geglaubt, wenn er ihr so was erzählt hätte.

»Du, weißt du was? Ich kann zaubern, aber nur, wenn meine Zwillingsschwester da ist. Was, die kennst du nicht? Ja, ich auch erst seit achtundvierzig Stunden.« Sie hätte gelacht. Und Philip würde es auch tun. Deshalb sagte sie lieber nichts.

Außerdem waren in der Pause auch Toni und Henriette da. Sie saßen zu viert auf der Bank unter dem großen Kastanienbaum, und es war Henriette, die etwas zu erzählen hatte.

»Meine Mutter kommt heute nach Hause«, sagte sie und strahlte über das ganze Gesicht. »Sie landet heute Morgen in Tegel und holt mich dann von der Schule ab.«

»Wow, seit wann weißt du das denn?«, staunte Toni.

»Samstag hat sie angerufen. Drehbuchschreiben könnte man auch in Berlin lernen, hat sie gesagt, und dass sie Sehnsucht nach mir hat.« Henriette wurde rot.

»Pf…«, sagte Josefine von hinten. »Wie peinlich ist das denn?« Henriette wurde noch röter. Keiner hatte gemerkt, dass Josefine hinter ihnen stand.

»Was ist denn daran peinlich?«, fragte Elli wütend.

»Voll peinlich, ist das. Und du auch mit deinem Freund Philip.«

Elli zögerte kurz, dann legte sie den Arm um Philips Schultern und sagte: »Philip ist mein Freund, und wenn du das peinlich findest, dann ist das dein Problem, nicht meins.«

Josefine starrte sie an, und ihr höhnisches Lächeln verschwand. Sie sah eher ein bisschen traurig aus, als sie sich schulterzuckend abwandte und in die andere Ecke des Pausenhofs verschwand.

»Mann, ist das 'ne doofe Kuh«, sagte Toni.

»Mir tut sie leid«, sagte Elli. »Und das mit der Brille von Herrn Müller und dem Orang-Utan, das war auch cool.«

»Du spinnst, die ist doch einfach nur fies«, sagte Philip.

»Vielleicht ist sie auch alleine. Echte Freunde hat die nicht«, sagte Toni.

»Wie auch? Wenn sie zu allen fies ist«, sagte Philip.

»Toni hat recht. Ich glaub auch, dass sie einsam ist. Vielleicht sollten wir einfach mal versuchen, nett zu ihr zu sein«, sagte Elli.

»Und ich glaube, dass ihr beiden eine Meise habt«, sagte Philip.

»Ich wette, dass du dich nicht traust, ihr zu sagen, dass sie aufhören soll, uns zu ärgern«, sagte Elli.

»Okay, du hast auf jeden Fall ’ne Meise«, sagte Philip.

»Wetten, du traust dich nicht?«

»Das hat doch mit Trauen nichts zu tun. Ich hab keinen Bock, mit der zu reden.«

Als Elli zum dritten Mal »Wetten?« fragte, stand Philip stöhnend auf, stopfte seine Hände in die Jeansjacke und ging langsam über den Hof auf Josefine zu.

Gebannt beobachteten Elli, Henriette und Toni die Szene. Zuerst sah es fast so aus, als ob Josefine weglaufen wollte. Sie schaute sich nach rechts und nach links um, aber anscheinend wusste sie nicht, wohin.

Sie hatte den Kopf gesenkt und die Hände ebenfalls in ihre Jackentaschen gestopft. Während Philip redete, hob sie langsam den Kopf. Erst sah sie erstaunt aus, aber als Philip sich umdrehte und zu Henriette, Toni und Elli zurückging, sahen die drei, dass Josefine lächelte.

»Wow, was hast du denn zu der gesagt?«, fragte Elli erstaunt, aber Philip ging an den Mädchen vorbei. Es hatte gerade zum Ende der Pause geklingelt.

»Was hast du denn nun zu ihr gesagt?«, fragte Elli Philip nochmal, als die Schule endlich vorbei war.

»Geht dich gar nichts an. Du erzählst mir ja auch nichts mehr. Seit *Operation Waldmeister* höre ich keinen Pieps mehr von dir, langsam glaube ich, du hast deinen Vater doch getroffen und sagst es einfach nicht. Und jetzt der Scheiß mit der Wette ... Von wegen, ich bin dein Freund.« Philip ging an ihr vorbei in Richtung Schultor.

»Warte doch mal, Philip«, rief Elli ihm hinterher, aber Philip drehte sich nicht um.

Vor der Schule standen Toni, Henriette und ihre Mutter. Henriette winkte ihr zu. »Kommst du mal? Ich wollte dir meine Mutter vorstellen.«

Elli schaute Philip hinterher, den würde sie nachher anrufen müssen. Jetzt sagte sie erstmal Henriettes Mutter guten Tag.

»Das ist Elli«, stellte Henriette sie vor. »Du weißt schon, Ellis Tante Eva hat Lou wieder gesund gemacht. Ihre Tante ist so nett, das findet Papa auch, wir waren zusammen Italienisch essen. Schon zweimal.«

»Freut mich, dich kennenzulernen. Da habe ich ja eine Menge verpasst«, sagte Henriettes Mutter. Die Situation schien ihr ein bisschen unangenehm zu sein. »Das können wir ja bald mal wieder alle zusammen machen, oder? Zusammen essen? Willst du deine Tante fragen, ob ihr am Wochenende Zeit habt? Dann koche ich was für uns.«

»Am Wochenende geht es nicht«, sagte Elli schnell. »Aber danke, ich frag meine Tante.«

Dann verabschiedete sie sich. Sie musste mit Philip reden. Sie rannte hinter ihm her, aber natürlich hatte sie keine Chance, ihn einzuholen. Plötzlich fiel ihr etwas ein. Sie hatte ja ein Handy, daran hatte sie gar nicht mehr gedacht, es war noch nicht mal angeschaltet.

Als Elli ihr Handy angemacht hatte, wusste sie, warum Philip sauer auf sie war. Sie hatte seit Freitag drei verpasste Anrufe von ihm und zwei SMS-Nachrichten. Am Samstag hatte er ihr geschrieben:

Na, was machst du heute?

Und am Sonntag:

Rufst du mich mal an?

Elli rief Philip an, aber jetzt ging der natürlich nicht ans Handy. Auf dieses Spielchen hatte Elli überhaupt keine Lust. Sie setzte sich auf eine kleine Mauer vor einem Vorgarten und tippte in ihr Handy ein:

Operation Waldmeister teilweise erfolgreich. Habe meinen Vater nicht getroffen, aber meine Zwillingsschwester.

Eine Sekunde später erschienen auf Ellis Display

??????????

Eine weitere Sekunde später rief Philip an.
»Krass«, sagte er, als Elli ihm erzählt hatte, dass sie auf der Suche nach ihrem Vater Idi getroffen hatte. Davon, dass sie magische Kräfte hatten, erzählte sie nichts.

»Sag den anderen nichts. Es ist alles noch so neu für mich«, sagte Elli.

»Okay, verstehe ich«, sagte Philip großzügig. »Stellst du sie mir vor, wenn sie nächstes Wochenende da ist?«

»Mach ich«, versprach Elli. »Wenn sie zu mir kommt, stell ich sie dir vor.«

Als Elli aufgelegt hatte, sah sie, dass ihr nicht nur Philip geschrieben hatte, sondern auch Idi. Am Abend hatte sie noch »Gute Nacht« geschrieben und am Morgen:

Ich bin Freitag schon da
und darf bei dir
übernachten, super, oder?

Elli hatte keine Lust mehr, Nachrichten zu tippen. Sie rief Idi an. »Du darfst echt bei mir schlafen? Dein Vater kennt doch meine Mutter gar nicht. Äh ...«

Am anderen Ende hörte sie, wie Idi sich ausschüttete vor Lachen. »Doch, doch, die kennen sich ...«

»Ha, ha ...«, sagte Elli. »Ich meine, er weiß nicht, dass er sie kennt. Oder hast du es ihm jetzt gesagt?«, fiel ihr dann plötzlich ein.

»Quatsch, das würde ich doch nicht einfach so machen!«

»Und wieso darfst du bei mir übernachten?«

»Weil die nur streiten, ständig am Telefon. Ich hab ihm gesagt, dass ich darauf keine Lust habe. Außerdem hab ich ihn angelogen. Letztes Jahr ist eine Freundin von mir nach Berlin gezogen. Ich hab gesagt, dass ich bei der schlafe, aber er ist sowieso viel zu abgelenkt.«

»Dann kann ich dir Freitag Philip vorstellen. Du weißt schon, der mit der *Operation Waldmeister*, der mir sein Handy geliehen hat.«

»Klar, warum nicht? Vielleicht können wir was zaubern, wenn er da ist. Heimlich? Zur Übung für Samstag?«

»Okay«, sagte Elli gedehnt. »Aber er darf nichts merken. Versprochen?«

»Wir zaubern nur was ganz Kleines. Ein Kissen von hier nach da oder so. Oder zwei Blumen mehr in der Vase. So was merkt ein Junge nicht, oder?«

»Stimmt«, sagte Elli, aber ein bisschen mulmig war ihr trotzdem zumute. Was würde wohl Philip sagen, wenn er wüsste, dass sie eine Hexe ist? Und Henriette und Toni, wenn er es ihnen erzählen würde? Ellis Vater hatte nicht gut darauf reagiert, als er erfahren hatte, dass Matea eine Hexe war.

Aber Idi hatte recht, sie mussten sowieso lernen, als Hexen zu leben. Eva und Matea konnten es ja auch, ohne dass Philip oder irgendjemand jemals etwas vermutet hätte. Noch nicht mal Elli selbst. Unvorstellbar eigentlich.

Auf einmal kribbelten Ellis Finger vor Aufregung, was man wohl alles zaubern konnte, ohne dass Philip es bemerken würde ...

Jede Menge konnten sie zaubern, und Philip saß da und merkte überhaupt nichts. Das stellte sich am Freitagnachmittag bei Elli zu Hause sehr schnell raus.

Idi war eine Stunde vor Philip gekommen, und sie hatten drei Sachen besprochen, die sie hexen wollten. Aber als Philip nicht bemerkt hatte, dass eine Sonnenbrille vom Küchentisch, an dem sie saßen, verschwand, dass aus seinem Apfelsaft plötzlich Orangensaft wurde und dass Elli auf einmal den Kapuzenpulli trug, den Idi angehabt hatte, wurden sie übermütig.

Idi hexte Philip eine gelbe Schleife mit roten Punkten ins Haar. Und weil ihn das nicht zu stören schien, zauberte sie noch lustige Spiralen dazu, an deren Ende, wie bei einem Springteufel, kleine bunte Würfel wippten. Sie ließ sie erst wieder verschwinden, als Philip sich schließlich doch am Kopf kratzen wollte, und Elli lachte so sehr, dass sie fast von ihrem Stuhl gekippt wäre. Zum Glück hatte Philip gerade einen Witz erzählt und anstatt sich zu wundern, freute er sich einfach, dass der so gut ankam.

Dann ließ Elli den Muffin, nach dem Philip gerade greifen wollte, ihm entgegen schweben.

»Danke«, sagte Philip in das hysterische Lachen der Zwillinge hinein. Aber außer, dass die Mädchen reichlich albern waren, schien Philip nichts zu bemerken.

»Ich glaub, ich geh dann mal«, sagte er schließlich.

»Bleib doch noch«, sagte Idi »Wir hören jetzt auf mit dem Lachen, okay?«

Elli hätte nichts dagegen gehabt, wenn Philip gegangen wäre, aber wenn Idi sich noch mit ihm unterhalten wollte, dann war das auch okay. Idi schien Philip nett zu finden, war er ja auch. Wie schön, dass sich ihre Schwester und ihr bester Freund so gut verstanden.

Als Philip doch endlich aufstand, um zu gehen, fragte Idi ihn, ob er am nächsten Tag wiederkommen würde.

»Ne, morgen kann ich nicht«, sagte Philip. »Da gebe ich einem Mädchen aus unserer Klasse Mathenachhilfe.« Er schaute Elli an.

»Echt?«, rief Elli. Sie sprang auf und fiel Philip, der schon an der Tür stand, um den Hals.

Philip schob sie weg. »Echt«, sagte er. »Und bild dir bloß nichts ein, das mach ich nicht für dich.« Aber er grinste dabei, sagte »Tschüss und bis zum nächsten Mal«, und dann war er weg.

»Ist der süß«, sagte Idi, als Philipp zur Tür raus war und sie in Ellis Zimmer hochgingen.

Elli verzog das Gesicht. »Spinnst du? Der ist doch nicht süß!«

»Voll!«, sagte Idi.

Elli schüttelte den Kopf. »Lass uns lieber nochmal hexen üben! Morgen ist der große Tag.«

»Jetzt mit Philip hat doch auch alles gut geklappt«, sagte Idi und schloss die Zimmertür hinter sich.

»Das waren auch Mini-Sachen«, sagte Elli. »Das mit dem Wasser, das ist doch was ganz anderes als eine Schleife im Haar.«

»Obwohl die sehr lustig war«, kicherte Idi und Elli musste auch grinsen.

»Okay, lass uns was anderes versuchen. Einen Riss in der Wand! Mama ist doch unten, wenn es nicht klappt, rufen wir sie«, sagte Idi.

»Super«, sagte Elli, »Aber nicht, dass uns das Haus einstürzt. Ich glaube, dann flippt sogar Mama aus.«

»Ich bemühe mich. Für Risse in der Wand bin ich auch zuständig, schließlich ist das Erde«, sagte Idi und starrte die Wand an. Nichts passierte.

»Vielleicht mit meiner Hand?«, schlug Elli vor und streckte ihre Hand aus. Sobald sich ihre Fingerkuppen berührten, tat sich unter gewaltigem Krachen ein riesiger Riss in der Wand auf.

»Was zum Blocksberg ...«, hörten sie Matea in der Küche rufen. Aber noch bevor Matea bei ihnen oben war, krachte es zum zweiten Mal, und die Wand war wieder intakt.

Matea sah nur noch ein grinsendes Zwillingspärchen Hand in Hand im Zimmer stehen.

»Aha«, sagte sie. »Dann kann ich ja wieder nach unten gehen. Wird doch.«

Bis Idi gehen musste, übten sie, Löcher in Wand und Boden zu machen. Bis auf ein hartnäckiges Loch direkt hinter Ellis Bett verschwanden alle Risse und Löcher wieder. Idi und Elli waren völlig erschöpft. Sie schauten sich an.

»Wird schon schiefgehen morgen«, sagte Idi. »Weißt du noch, die Wasserschrift, die ich letzte Woche gezaubert habe?«

Elli nickte. »Elli und Idi ... Gemeinsam schaffen wir es!«

16

Rennmäuse sind die Rettung

Mit Idi neben sich im Himmelbett träumte Elli wieder vom Fliegen. Sie war auf einer großen Hängebrücke, aber nicht auf der Brücke selbst, sondern auf den Seilen, die, über hohe Masten gespannt, die Brücke trugen. Sie rutschte die Seile auf der einen Seite hoch und auf der anderen wieder runter und fühlte sich dabei wie Peter Pan und Tinkerbell in einer Person. Unter der Brücke war der türkis leuchtende Ozean, und auf einmal entdeckte Elli Idi, die mitten im Meer auf der weißen Gischt einer riesigen Welle ritt. »Idi«, rief sie und breitete ihre Arme weit aus, dann machte sie einen Köpper von der Brücke in die Luft hinein und flog zu Idi in den Wellen. »Elli«, schrie Idi, als sie sie sah, und gemeinsam surften und flogen sie übers Meer.

»Ich hab was Tolles geträumt«, erzählte Idi morgens beim Frühstück. Sie saßen in ihrer gemütlichen Küche an dem großen Holztisch, den Eva und Matea für alle gedeckt hatten.

»Was hast du denn geträumt?«, fragte Eva und reichte Idi einen frisch gepressten Orangensaft.

»Ich surfe mitten im Meer unterhalb einer irren Hängebrücke, die in der Sonne silbern glänzt, und plötzlich fliegt Elli von der Brücke auf mich zu, und wir fliegen und surfen zusammen.«

Elli fiel vor Staunen der Löffel in ihr Müsli.

»Elli«, sagte Matea streng und wischte die Joghurtflecken vom Tisch.

»Das hab ich auch geträumt!«, flüsterte Elli fassungslos, ohne ihre Mutter zu beachten.

»Echt? Genau das?« Idi staunte genauso.

»Ich kann dir die Brücke aufmalen«, sagte Elli und rannte los, um einen Stift zu holen. Als sie sich wieder hingesetzt hatte, zeichnete sie auf ihre Papierserviette die hohe Hängebrücke aus ihrem Traum.

Idi stellte sich hinter sie und sah ihr zu. »Wow, das ist sie!«, bestätigte sie dann. »Du kannst ja super zeichnen, das wusste ich gar nicht!«

»Danke«, sagte Elli und wurde rot.

Eva und Matea lächelten sich an. »Schön, wenn man gemeinsame Träume hat, oder?«, fragte Matea.

»Irre«, bestätigten Elli und Idi wie aus einem Munde.

»Hattest du mal mit Papa gemeinsame Träume?«, fragte Idi.

Einen Moment lang schwieg Matea, dann sagte sie: »Nicht im Schlaf, Idi. Aber wenn wir wach waren, dann haben wir schon gemeinsame Träume gehabt.«

»Und was ist aus denen geworden?«, fragte Idi hartnäckig.

»Aus einem sind immerhin die begabtesten jungen Hexen geworden, die ich jemals kennengelernt habe!«, beantwortete Eva die Frage für ihre Schwester.

Da war das Geschrei natürlich groß, welche anderen Hexen denn Eva kannte und wo sie sie kennengelernt hatte und wann Elli und Idi endlich auch andere Hexen kennenlernen würden.

Aber Eva erklärte, dass sie jetzt in Ruhe frühstücken wollte, und fing gleich ein unglaublich ekliges Gespräch über die eitrige

Augenentzündung eines Mopses an, der sowohl bei Matea als auch bei Eva Patient war.

Elli und Idi beschlossen, sich auf den Weg nach Schöneberg zu ihrem Vater zu machen.

»Wo geht ihr eigentlich hin?«, fragte Matea die beiden, als sie schon an der Tür waren.

»Zu Philip«, sagte Elli, bevor Idi antworten konnte.

»Dann grüßt ihn schön«, sagte Matea.

»Jetzt hab ich ihr gar nicht richtig Tschüss gesagt«, sagte Idi, als sie auf der Straße waren. »Heute darf ich bestimmt nicht noch mal weg, heute ist ein ‚Familienabendessen' angesetzt ...«, ächzte sie. »Das wird toll, Nadine und Papa, die streiten, und Mark, der schweigt.«

»Is was?«, fragte Idi, als Elli gar nicht reagierte.

»Ich weiß auch nicht«, sagte Elli zögernd. »Ich stell mir nur gerade vor, wie das ist, Papa zum ersten Mal zu sehen. Bei dir war das anders, du wusstest ja vorher nicht, dass du Mama treffen würdest.«

»Stimmt«, sagte Idi. Sie waren an der U-Bahn-Haltestelle angekommen. »Warte mal, ich muss noch mal schauen, in welche Richtung wir müssen.« Idi starrte auf den Plan. »Okay«, sagte sie schließlich. »Die U2 in Richtung Pankow. Ich hab's wieder.«

Sie gingen die Stufen zur U-Bahn runter, und Elli hielt sich am Geländer fest.

»Elli, alles okay?«, Idi klang auf einmal besorgt.

Elli schüttelte den Kopf. »Nein. Mir ist total schlecht. Ich bin aufgeregter als damals in Hamburg, als ich Papa suchen gegangen bin.«

»Meinst du, deshalb war dir da schlecht? Ich dachte immer, es waren die Saltos oder das Zaubern ... Setz dich erstmal hin.« Idi drückte Elli in einen der Drahtsitze auf dem Bahnsteig. »Die Bahn kommt in sechs Minuten. Ich hol dir was zu trinken.«

Idi hatte einen Getränkeautomaten auf dem Bahnsteig gesehen und zog eine Cola für Elli. »Hier«, sagte sie und streckte Elli die geöffnete Flasche hin.

»Danke«, murmelte Elli. »Du, und all das Zaubern und so. Und der beleidigte Philip und Henriettes Mutter wieder da. Irgendwie war dauernd was los. Ich hab gar nicht darüber nachgedacht, dass ich Papa heute sehen werde. Zum ersten Mal.«

»Jetzt kommt die Bahn«, sagte Idi und zerrte Elli hoch. »Komm, du schaffst das. Denk einfach nicht dran. Oder denk hinterher dran. Wir müssen doch zusammen zaubern! Ohne dich schaffe ich es nicht.«

»Du hast recht. Wenn ich es die ganze Woche geschafft habe, nicht daran zu denken, dann muss ich es jetzt eben noch ein paar Stunden länger schaffen.« Elli nahm sich fest vor, tapfer zu sein für Idi.

»Wir gehen erst ganz kurz vorher dahin«, bestimmte Idi. »Damit du dich gar nicht erst aufregen kannst, bevor du da bist. Wenn wir ankommen, geht die Aktion gleich los, okay?«

Elli nickte stumm und nahm einen Schluck von ihrer Cola.

Als sie am Nollendorfplatz ausstiegen, war richtig viel los. Sie bummelten die Maaßenstraße runter, den Menschenmassen hinterher.

»Schau mal, da hinten ist Markt. Sollen wir dahingehen?« Idi zog Elli mit sich mit. Die Sonne schien, und der ganze Platz war voller Stände und Menschen.

»Guck mal, hier sind Donut-Kissen. Die sehen ja cool aus«, sagte Idi und ging auf einen Stand zu, an dem auf einer Leine knallbunte, runde Kissen aufgehängt waren, die wie Donuts aussahen.

»Und die sind total weich ...« Aber Elli interessierte sich nicht für die Donut-Kissen. Sie hatte einen anderen Stand entdeckt.

»Idi«, rief sie. »Schau mal, hier sind Edelsteine.«

Idi lief zu Elli rüber. »Wow, was das für schöne Farben sind«, sagte sie und streichelte mit der Hand über einen rosafarbenen Stein.

»Das ist Rosenquarz«, sagte die Frau hinter dem Stand.

Elli blickte auf. »Frau Belze?«

»Ach, hallo Elli. Wie schön, dich zu sehen. Wie geht es dir?« Beate Belze kam hinter dem Stand hervor und umarmte Elli. »Wie geht es Noah? Ihr wart schon lange nicht mehr da.«

»Das stimmt«, sagte Elli. »Tut mir leid, es ist so viel passiert in letzter Zeit.«

»Hallo«, sagte hinter ihr Idi. »Ich bin Ellis Freundin.« Sie streckte Beate Belze die Hand entgegen.

»Freut mich, dich kennenzulernen. Sagt doch bitte Beate zu mir, ich komm mir sonst uralt vor.« Sie schüttelte Idi lange die Hand und betrachtete sie aufmerksam.

»Mögt ihr meine Steine?«

»Wunderschön sind die«, sagten Elli und Idi und schauten sich weiter am Stand um. »Schaut mal, ich hab auch Ringe. Die könnten euch gefallen.« Beate ging hinter den Stand zurück und holte eine kleine Schublade heraus, die mit schwarzem Samt ausgeschlagen war. Darauf waren viele Ringe mit bunten Steinen.

»Was ist das denn für ein Stein?«, fragte Elli und zeigte auf einen Ring mit einem kleinen Dreieck.

»Ich dachte mir, dass der euch gefallen würde«, sagte Beate. »Das ist ein Mondstein. Schaut mal, den gibt es weißlich schimmernd wie die Luft und die Wolken, oder bläulich wie die Wellen und das Wasser.«

Sie legte einen zweiten Ring mit einem dreieckigen Stein daneben, der bläulich schimmerte.

»Bei dem einen Ring zeigt das Dreieck nach oben und bei dem anderen nach unten«, sagte Idi.

»Gut beobachtet.« Beate lächelte. »Das weiße Dreieck, das nach oben zeigt, ist ein Symbol für das Element Luft.«

Elli spürte, wie ihr ein Schauer über den Rücken lief.

»Und das blaue Dreieck?«, fragte sie, aber sie ahnte, was die Antwort sein würde.

»Das blaue Dreieck, das nach unten zeigt, steht für das Element des Wassers«, sagte Beate, genau, wie Elli erwartet hatte.

»Diese Symbole sind uralte Zeichen für die Elemente. Es gibt sie schon seit der Antike. Wollt ihr die Ringe mal anprobieren?«

Elli und Idi schauten sich an und streckten dann zögernd ihre Hände aus.

Beate steckte den weißen Ring an Ellis linke Hand und den blauen Ring an Idis rechte Hand. Sie blinzelte ihnen zu. »Die müssten passen.«

Die Ringe passten wir angegossen.

»Sind die schön«, flüsterte Elli.

»Was kosten die denn?«, fragte Idi Beate.

»Tut mir leid, die kann ich euch nicht verkaufen«, sagte Beate.

»Schade«, seufzte Elli. »Die sind so wunderschön.«

»Die kann ich euch nur schenken«, lachte Beate.

»Das können wir nicht annehmen«, sagte Idi und wollte sich den Ring vom Finger ziehen, aber Beate griff nach ihren Händen.

»Nimm's ruhig an, Idi«, sagte Beate. »Der Mondstein ist ein Heilstein, der gibt einem Kraft, wenn man sie braucht. Und Lebensfreude, und Lebensfreude braucht man immer.« Wie zum Beweis lachte sie über das ganze Gesicht.

»Woher weiß sie, wie ich heiße?«, fragte Idi Elli. Aber Elli hörte nicht zu. Sie war zu sehr mit den Ringen beschäftigt.

»Danke«, sagte sie. »Ich frag Mama zu Hause, und wenn sie Nein sagt, dann bringen wir die Ringe zurück. Ganz bestimmt.«

»Das weiß ich, Elli. Ich hab dir Noah anvertraut, ich vertraue dir die Ringe ganz sicher an. Und deine Mutter wird nicht Nein sagen, aber sie wird stolz darauf sein, was für wohlerzogene, nette Mädchen sie hat.«

»Danke«, sagte Elli, und Idi bedankte sich auch. »Kraft können wir heute wirklich gut gebrauchen«, fügte sie noch hinzu, bevor sie sich verabschiedeten.

»Jetzt wird es auch Zeit«, sagte Idi und schaute auf ihre Uhr. »Komm, wir gehen zu Nadine, es ist nur noch ein kleines Stück bis zur Goltzstraße.«

Aber Idi hatte den Weg unterschätzt. Am Ende rannten beide Mädchen, weil sie Angst hatten, zu spät zu kommen.

Als Idi endlich sagte: »Okay, wir haben es geschafft«, war Elli völlig aus der Puste.

»Hier ist das Haus. Unten hat sie ihre Praxis drin, und in der Wohnung darüber wohnt sie. Und der Typ, der es kaufen will, will einziehen und seine eigene Praxis unten machen. Und das verhindern wir jetzt«, sagte Idi entschlossen. »Komm!«

»Warte«, sagte Elli. »Lass mich kurz Luft holen.«

»Jetzt komm schon«, sagte Idi ungeduldig und griff nach Ellis Hand.

Kaum hatten sich ihre Hände berührt, fühlte Elli sich besser.

»Spürst du das auch?«, fragte sie ihre Schwester.

Idi nickt. »Die Kraft, ich spüre sie auch. Beate hatte recht.«

Einen Moment lang schauten Elli und Idi sich an, dann sagte Elli: »Jetzt schaffe ich es«, und Idi nickte. Sie ging voraus zu dem

Haus und klingelte. Elli folgte ihr immer noch kurzatmig. Eine Frau mit schulterlangen, blonden Haaren öffnete.

»Hallo Idi, wie schön, dich zu sehen«, sagte sie freundlich. »Und das ist deine Freundin?«, fragte sie.

»Hallo, ich bin Elli«, stellte Elli sich vor und räusperte sich.

»Elli und Idi, wie nett, das passt. Ich bin Nadine«, sie schüttelte Elli die Hand. »Dann kommt mal rein, dieser Kotzbrocken von Mieter ist auch gleich da. Tut mir leid, doofes Timing. Danach machen wir was zusammen, okay?«

»Okay«, sagte Idi. »Dürfen wir mitkommen, wenn der Typ da ist? Ich hab die Praxis auch noch nie gesehen.«

Nadine zögerte, man merkte, dass sie die Idee nicht gut fand, aber anscheinend wollte sie Idi die Bitte nicht abschlagen.

»Warum nicht«, sagte sie schließlich. »Vielleicht hat er ja Mitleid, wenn er denkt, dass er zwei kleine Mädchen aus ihrem Zuhause vertreibt ...« Sie grinste schief.

»Wo ist eigentlich dein Vater?«, fragte Elli, aber genau in dem Moment klingelte es.

»Okay, es geht los«, knurrte Nadine. »Drückt mir die Daumen, dass es ihm nicht gefällt.«

Elli und Idi schauten sich an. »Worauf du dich verlassen kannst«, sagte Idi.

»Frau Vollmer, freut mich sehr, Sie kennenzulernen.

Der Makler ist verhindert, das hat er Ihnen gesagt?«

Ein großer, etwas dicklicher Mann mit rotem Gesicht und wenig Haaren drängte sich in den Hausflur.

»Nein, komisch, das hat er nicht«, sagte Nadine kühl, und dann sagte sie etwas leiser: »Der feige Hund.«

»Einen Hund habe ich nicht«, sagte der Mann, »ich mag keine Tiere.«

»Wundert mich nicht«, sagte Nadine und öffnete die Praxistür für ihn. »Bringen wir es hinter uns«, fügte sie noch hinzu.

Nadine ging voraus und der dicke Mann hinter ihr her.

»Das ist das Wartezimmer«, erklärte sie.

»Ah, sehr schön. Hell ist das und freundlich«, sagte er zufrieden.

»Obwohl ...«, er stockte. »Anscheinend nur, wenn das Licht an ist.« Er ging zum Lichtschalter und knipste ihn aus – im Raum war es fast duster. Elli und Idi grinsten sich an.

»So ein Quatsch«, sagte Nadine, die schon weitergegangen war, ohne sich umzudrehen. »Super hell ist es hier.«

»Na ja, super hell ...«, murmelte der Mann. Er folgte Nadine in den nächsten Raum und stieß sich dabei den Kopf am Türrahmen.

»Autsch ...«, sagte er empört. »Und wieso sind die Türen so niedrig?«

»Die Türen sind nicht niedrig«, sagte Nadine. »Das ist wunderschöner Altbau hier. Was soll das, wollen Sie den Preis drücken? Das besprechen Sie besser mit dem Besitzer.«

»Schon gut, schon gut«, sagte der dicke Mann und schaute sich im Behandlungsraum um.

»Und das hier? Wollen Sie mir jetzt erzählen, dass das hier kein Riss ist?« Empört zeigte der Mann auf eine Stelle in der Wand neben dem Fenster.

Nadine kam zurück. »Was? Was ist das denn?« Sie starrte auf die Wand.

»Was das ist?«, höhnte der Mann. »Das ist ein Riss in einer tragenden Wand! Jetzt sagen Sie bloß, das sehen Sie zum ersten Mal!« Der Mann zog ein Taschentuch aus der Hose und wischt sich damit über die hochrote, verschwitze Stirn.

Fassungslos starrte Nadine die Wand an. »Das sehe ich tatsächlich zum ersten Mal.«

»Ahhhh«, stöhnte der Mann. »Das gibt es doch nicht. Für wie blöd halten Sie mich?«

Nadine starrte immer noch auf den Riss an der Wand, aber der Mann war inzwischen weitergegangen.

»Und was ist das?«, fragte er jetzt und zeigte auf ein Mauseloch in der anderen Wand.

»Das ist ...«, fing Nadine an, aber ihr blieben die Worte weg. »Das ist ...« setzte sie nochmal an.

»Das ist, das ist«, äffte der Mann sie nach. »Das ist ein Mauseloch. Das heißt, hier liegt ein Schädlingsbefall vor, den Sie hätten melden müssen. Das wird teuer, das sage ich Ihnen. Schädlingsbefall in einer Praxis.«

»Das kann gar nicht sein, ich hab hier noch nie ...«, begann Nadine, aber sie konnte ihren Satz nicht zu Ende sprechen. Aus dem Mauseloch spazierten in aller Seelenruhe zwei kleine Mäuse, liefen durch den Raum und verschwanden zur Tür heraus.

»Mir reicht es jetzt. Ich werde mich beim Besitzer beschweren. Diese Bruchbude miete ich auf keinen Fall. Ich spinn doch nicht.« Er drehte sich um und rannte auf die Tür zu. Dann stoppte er abrupt. Er drehte er sich noch mal um und brüllte: »Das wird ein Nachspiel haben, Sie lassen das Haus verkommen. Und Sie verschwenden meine Zeit. So lass ich mich nicht behandeln. So nicht.«

An der Tür prallte er mit einem Mann zusammen, der gerade hereinkommen wollte.

»Was ist denn hier los?« Ein großer, schlanker Mann mit schwarzen kurzen Haaren trat zur Tür ein.

Elli und Idi ließen sich beide gleichzeitig auf die weiße Couch im Wartezimmer fallen.

Nadine war völlig außer sich. »Thomas«, sagte sie hektisch. »Hier sind Mäuse. Und ein riesiges Mauseloch, ein Schädlingsbefall, sagt er. Ich lasse die Praxis verkommen, sagt er.«

Jetzt musste Idi einschreiten: »Nadine, das tut mir leid, mit den Mäusen. Ich wollte es gerade erklären. Das sind meine zahmen Mäuse. Lina und Lura. Ich habe sie mitgebracht.«

»Was?« Nadine starrte Idi an, aus deren Jackentasche die Mäuse jetzt hervorschauten. »Du bringst zahme Mäuse mit, und ich krieg jetzt deswegen Ärger?«

»Quatsch«, sagte Thomas. »Kein Mensch kriegt Ärger wegen mongolischer Rennmäuse. Jetzt reg dich doch nicht so auf. Das kann man doch auch hinterher noch erklären.«

»Aber da ist ja ein Mauseloch«, sagte Nadine verzweifelt. »Da sind sie rausgekommen.«

»Zeig mir das mal«, sagte Thomas, immer noch ruhig.

Nadine stand auf und ging auf die Ecke zu, in der sie das Mauseloch gesehen hatte. Auf den Fußbodenleisten sah man einen kleinen Sprung. Nadine starrte auf den Boden. »Das gibt es doch nicht …«, sagte sie zögernd. »Da war doch eben noch …«

»Ist halt Altbau«, sagte Thomas und zuckte mit den Achseln. »Ein kleiner Riss in den Fugen, damit muss man leben.«

Nadine kniete sich hin und fuhr mit der Hand über den Riss, dann sprang sie auf. »Und in der Wand im anderen Zimmer, da ist auch ein Riss. In der tragenden Wand. Muss ich damit auch leben?« Ihre Stimme überschlug sich fast.

»Wo denn?« Thomas folgte ihr ins andere Zimmer.

Nadine stand an der Wand und fuhr immer wieder mit der Hand darüber.

»Langsam fange ich an, mir Sorgen zu machen«, sagte Thomas und betrachtete Nadine kopfschüttelnd. An der Wand neben dem Fenster war ein Strich, es sah so aus, als wäre jemand mit einem Besenstil oder etwas Ähnlichem daran entlang geschrappt.

»Da streichst du einmal drüber«, sagte Thomas. »Das kann man vielleicht sogar abwaschen.«

»Und dunkel ist es hier«, sagte Nadine. »Und er hat sich den Kopf am Türrahmen gestoßen.«

»Dazu muss ich nichts sagen, oder?« Thomas blickte sich in den sonnendurchfluteten hohen Räumen um. »Der Mann, den ich an der Tür getroffen habe, war jedenfalls unter zwei Meter zwanzig.«

Nadine setzte sich auf einen Stuhl neben Elli und Idi und schüttelte den Kopf. Thomas blieb im Türrahmen stehen.

»Nadine, ich habe eine gute und eine schlechte Nachricht für dich. Welche willst du zuerst hören?«

»Die gute«, sagte Nadine niedergeschlagen. »Ich brauche dringend eine gute Nachricht.«

»Die gute Nachricht ist, dass dieser potentielle Mieter weg ist und nie wiederkommt. Und wenn er diese Geschichten dem Besitzer erzählt, dann denkt der auch nur, dass der Typ den Preis einfach nicht bezahlen wollte. Und du behältst aufs erste deine schöne Praxis und deine Wohnung.«

Nadine starrte ihn an, und plötzlich breitete sich ein Strahlen auf ihrem Gesicht aus: »Du hast ja recht! Er ist weg, er will die Wohnung nicht! Und ich sitzt hier rum und blase Trübsal wegen zweier zahmer Mäuse.« Sie stand auf und fiel Thomas um den Hals.

Und dann umarmte sie Idi. »Idi, danke für die Mäuse, die kamen genau im rechten Augenblick!«

»Und Elli, es tut mir leid, dass ich so ausgeflippt bin. Überhaupt diese ganze Szene. Da habe ich ja bestimmt einen guten ersten Eindruck hinterlassen.«

Thomas blickte zu Elli rüber, er schien jetzt erst zu merken, dass Idi nicht allein gekommen war.

»Hallo, wer bist du denn?«, fragte Thomas und schaute sie an. Elli erwiderte seinen Blick. Groß war er, ihr Vater, und sportlich. So sportlich wie Idi auch. Er trug einen leichten Bart, aber auch dieser Bart konnte das kleine markante Muttermal auf seiner Wange, das er mit Elli gemeinsam hatte, nicht verdecken. Elli musste sich große Mühe geben, nicht zu sehr darauf zu starren.

Sie wurde rot und räusperte sich, und dann sagte sie: »Hallo, ich bin Elli.« Zumindest versuchte sie, es zu sagen, aber ihre Stimme war so leise, dass sie kaum zu hören war.

Sie räusperte sich nochmal, und dann gelang es ihr endlich, »Elli« herauszubringen.

»Was ist eigentlich die schlechte Nachricht, die du mir beibringen wolltest?«, fragte Nadine. »Jetzt kann ich sie vertragen.«

Thomas zögerte. Er schaute Elli aufmerksam an, und einen Moment lang trafen sich ihre Blicke. »Eigentlich wollte ich sagen, dass die schlechte Nachricht ist, dass du übergeschnappt bist, aber jetzt bin ich mir auf einmal nicht mehr so sicher«, sagte Thomas.

»Wie meinst du das?«, fragte Nadine irritiert.

»Erklär ich dir später«, sagte Thomas. »Ich hab Idi versprochen, mit ihr ein Eis essen zu gehen. Wir holen dich in einer Stunde ab, dann feiern wir, okay?«

»Okay«, sagte Nadine. »Ich muss mich sowieso erholen von der ganzen Aufregung.«

»Na, dann kommt mal, Idi und Elli«, sagte Thomas und ging vor ihnen her zur Wohnung heraus.

Es waren nur wenige Schritte bis zur Wohnungstür, danach den langen Flur entlang bis auf die Straße hinaus, aber Elli schien dieser Weg, den sie schweigend zurücklegten, eine Ewigkeit zu dauern. Das war ihr Vater, den sie da gerade zum ersten Mal bewusst gesehen hatte. Er hatte sie erkannt, da war sie sich sicher. Sie hatte es in seinem Blick gesehen. Fast genauso schnell, wie Matea Idi erkannt hatte, und das ganz ohne Zauberei. Ob er sich freute, sie zu sehen? Was, wenn er sie und Idi wieder trennen wollte, wie damals, als sie Babys waren? Elli wollte nicht mehr ohne Idi sein, soviel stand fest. Sie wünschte sich so sehr, dass ihr Vater das verstehen würde. Und vielleicht würde er sie eines Tages ja sogar auch so liebhaben, wie er Idi liebhatte?

17

Geheimnisse bei Mango-Eis

»Gehen wir wirklich Eis essen, Papa?«, fragte Idi, als sie auf der Straße vor dem Haus standen.

»Warum nicht«, sagte Thomas. »Sich irgendwo hinsetzen wäre jetzt gut.«

»Hier ist das Café Roberta«, sagte Elli und zeigte auf ein Café, das ein paar Häuser weiter ein paar Stühle und Tische vor der Tür stehen hatte. »Die haben leckeres Eis, da war ich schon oft mit Mama und Tante …« Sie stockte kurz. Dann sagte sie: »Wollen wir da hin?«

»Also, ich geh hier rüber ins Mister Hu«, sagte Thomas und deutete auf eine Kneipe, die ebenfalls Tische und Stühle auf der Straße stehen hatte. »Ich brauch was zu trinken. Holt euch doch ein Eis und kommt dann rüber, okay?«

Idi griff nach dem Zehn-Euro-Schein, den Thomas ihr entgegenstreckte, und sagte: »Okay, bis gleich.«

»Er weiß es, oder?«, fragte Elli.

»Merken wir ja gleich«, sagte Idi und zuckte mit den Achseln. »Schwer zu sagen bei Papa.«

Sie kauften sich Mango-Eis und gingen eisleckend über die Straße zu Thomas an den Tisch.

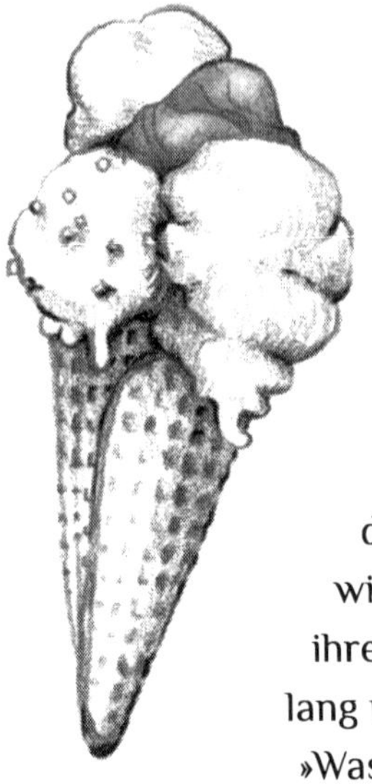

»Ihr habt euch also gefunden?«, begann Thomas das Gespräch unvermittelt, sobald die Zwillinge sich gesetzt hatten.

Elli und Idi sahen sich an, und dann nickten sie. Thomas seufzte und schwieg einen Augenblick, dann sagte er: »Na gut, früher oder später musste es wohl so kommen.«

Er nahm einen Schluck von dem Weißwein, den der Kellner ihm gebrachte hatte. Elli fühlte, wie ihr Tränen in die Augen schossen. Das sollte ihre Begrüßung sein? Nachdem er sie zehn Jahre lang nicht gesehen hatte?

»Was soll das heißen?«, fragte Idi, und Elli hörte an ihrer Stimme, dass sie sauer war.

»Was das heißen soll? Das soll heißen, dass es anscheinend unvermeidlich war, dass ihr euch eines Tages begegnet.«

Thomas schien ein ähnliches Temperament zu haben wie seine Tochter Idi.

»Hast du eigentlich mal richtig Hallo zu Elli gesagt?«, fauchte Idi ihn an.

»Nein, habe ich nicht«, seufzte Thomas. »Entschuldige, Elli. Schön, dich kennenzulernen.«

Elli nickte ihm zu und versuchte zu lächeln. Sie sagte nichts. Sie hatte Angst, dass ihre Stimme zittern würde, wenn sie redete.

»Na, was machen wir denn nun mit diesem Schlamassel?«, fragte Thomas immer noch seufzend.

»Weißt du was?«, sagte Idi jetzt erbost. Sie baute sich vor ihm auf der Straße vor dem Tisch auf. »Du solltest dich freuen, dass du deine andere Tochter wiedersiehst, und nicht hier sitzen und seufzen.«

Als Thomas nicht sofort antwortete, sagte sie wütend: »Also, Mama hat sich gefreut, mich zu sehen.«

»Die weiß es also. War ja klar«, sagte Thomas und stöhnte.

»Was war klar?«, fragte Idi.

»Na, dass Matea was damit zu tun hat«, sagte Thomas

»Das war überhaupt nicht klar, Papa. Und Mama hat damit nichts zu tun.« Jetzt war Idi richtig sauer.

»Das hat Elli ganz alleine geschafft«, sagte Idi. »Elli ist nach Hamburg gekommen, um dich zu suchen. Dich, Papa, nicht mich. Von mir wusste sie gar nichts.«

»Wirklich?« Thomas schaute Elli an. Es kam ihr so vor, als ob er sie zum ersten Mal richtig wahrnahm.

»Ja«, sagte Elli leise.

»Wie bist du denn dann darauf gekommen, mich zu suchen?«

»Ich habe meine Geburtsurkunde gefunden. Da stand dein Name drauf, ich wollte dich kennenlernen. Mama hat mir nie was von dir gesagt.« Elli bemühte sich, laut zu sprechen, aber sie hatte einen Kloß im Hals, der auch mit Mango-Eis nicht weggehen wollte.

»Ach, Elli«, sagte Thomas, der jetzt endlich merkte, wie traurig sie war. »Es tut mir leid.«

»Was tut dir leid?«, fragte Idi wenig gnädig.

Thomas winkte dem Kellner und bestellte sich ein zweites Glas Weißwein.

»Jetzt setz dich doch bitte erstmal wieder hin«, sagte er zu Idi. »So kann man doch nicht miteinander reden.«

Idi setzte sich schweigend hin. Es war klar, dass sie eine Erklärung erwartete, und Thomas schien bereit, zu liefern.

»Es war mein Fehler damals«, sagte er nach einer kleinen Pause. »Ich hätte euch nicht trennen dürfen. Aber ganz ehrlich, mir ist das alles über den Kopf gewachsen.«

»Was denn alles?«, fragte Idi. »Zwei Kinder?«

Idi war ganz schön streng mit ihm, dachte Elli. So würde sie nie mit ihrer Mutter reden, aber ihre Mutter auch nicht mit ihr. Sie hätte am liebsten beide bei der Hand genommen und sie gebeten, sich zu vertragen, aber Idi und Thomas beachteten sie kaum.

»Nein, natürlich nicht zwei Kinder, aber ich habe ja von nichts gewusst.« Thomas nahm einen Schluck von seinem neuen Weißwein und dann brach es aus ihm heraus: »Plötzlich dann, bei der Taufe, kam es raus, dass alle Hexen sind. Matea und ihre Schwester, und dann ihre verrückte Mutter und die Tante. Und ihr, ich habe euch fliegen gesehen, aus dem dritten Stock unserer Wohnung raus. Da wart ihr keine drei Monate alt. Da bin ich ausgeflippt. Ich hatte Angst um euch.«

Jetzt schaltete sich wieder Idi ins Gespräch ein: »Weißt du was, Papa? Wenn du uns fliegen sehen konntest, dann waren wir in einem Zauberraum. Mit dir. Da waren wir geschützt, nichts hätte uns passieren können. Sicherer kann man nicht sein.« Idi wurde immer ungeduldiger.

»Idi«, sagte Thomas fast genauso ungeduldig, »ich weiß noch nicht mal, was das ist, ein Zauberraum.«

»Nichts weißt du«, sagte Idi böse. »Weil du weggelaufen bist! Und mich hast du einfach mitgenommen. Und Elli hast du einfach dagelassen. Was hast du dir eigentlich dabei gedacht?«

»Es war falsch, ich weiß es jetzt.« Elli merkte, dass Thomas sich bemühte, ruhig zu bleiben. Er seufzte wieder. »Eigentlich weiß ich es schon lange, dass es falsch war. Elli ohne Vater und du ohne Mutter, ihr habt ein Recht darauf zu wissen, wer eure Eltern sind. Es tut mir leid.«

Er tat Elli jetzt wirklich leid, aber Idi hatte ganz offensichtlich überhaupt kein Mitleid mit ihm.

»Und wer *wir* sind, Papa!«, rief sie. »Wir sind Hexen, und du wolltest uns das wegnehmen.«

Während des Gesprächs war Idi immer lauter geworden, den letzten Satz hatte sie jetzt geschrien.

»Idi, spinnst du?«, sagte Elli. »Die Leute drehen sich schon nach uns um.«

Idi schwieg und schüttet sich einen letzten, flüssigen Rest Mango-Eis aus der Waffel in den Mund.

»Idi, ich wollte es dir sagen, ich wusste nur nicht, wie. Ich hätte es ja auch mit Matea absprechen müssen.«

»Na und? Hättest du ja machen können.«

»Immer wenn ich überlegt habe, wie es wäre, sie anzurufen, habe ich es wieder aufgeschoben«, sagte Thomas.

»Dem Schicksal entkommt man nicht«, murmelte Idi düster in ihre Waffel hinein.

»Okay, Idi«, seufzte Thomas und fuhr sich mit der Hand durch die Haare. »Du hast gewonnen. Dann also los. Gibst du mir Mateas Handynummer, Elli?«, fragte er.

Elli überlegte kurz. »Oder willst du mein Handy nehmen?« Was, wenn Matea gar nicht wollte, das Thomas ihre Nummer hatte?

»Darf ich?«, fragte Thomas.

Elli nickte, gab den Code ein, drückte auf die Nummer ihrer Mutter und schob das Handy auf dem Tisch rüber zu Thomas.

Thomas hielt sich das Handy ans Ohr.

»Hallo, Matea, hier ist Thomas. Elektra hat mir ihr Handy geliehen«, sagte er.

Elli und Idi hielten den Atem an. Schade, dass sie nicht hören konnten, was Matea am anderen Ende sagte.

Sie hörten nur, wie Thomas nach einer Weile sagte: »Ich fände es schön, wenn wir uns alle mal treffen würden. Was hältst du davon?« Und dann verabredete er sich für den nächsten Samstag mit Matea.

»Gut, dann kommen Merida und ich um fünfzehn Uhr zu euch. Ja, die Adresse habe ich. Okay, ich freue mich, dich wiederzusehen.« Dann legte er auf.

»Und ich freue mich auch, dich wiederzusehen, Elli«, sagte er dann zu Elli und lächelte sie an. »Wirklich!«

Ellis Herz schlug ihr bis zum Hals. Thomas hatte ein Lächeln, das sein ganzes Gesicht veränderte. Er sah netter aus und jünger, und auf einmal konnte sich Elli vorstellen, dass er mit ihrer Mutter gesungen und getanzt hatte. In jenem Sommer, in dem ihre Lieblingsgeschichte spielte.

»Ich mich auch«, sagte sie und lächelte ihn schüchtern an.

»Wie mutig von dir, mich alleine zu suchen!«, sagte Thomas.

»Ein Freund hat mich überredet«, gab Elli zu, aber sie glühte vor Stolz über dieses Lob. »Und dann habe ich Idi getroffen, in eurem Garten, als ich nach der Hausnummer gesucht habe. Da wussten wir aber noch nicht, dass wir Zwillinge sind.«

»Ja, aber dass wir hexen können, wenn wir zusammen sind, das haben wir auch ohne Mama gemerkt«, sagte Idi triumphierend.

»Kannst du ein bisschen leiser reden?«, bat Thomas sie und schaute sich um. Und dann sagte er: »Shit!«

Idi und Elli blickten in die gleiche Richtung wie Thomas.

»Shit!« Jetzt flüsterte sogar Idi.

»Was denn? Was ist denn?«, fragte Elli irritiert.

»Nicht hinschauen«, sagte Thomas. »Aber da drüben sitzt Nadines Sohn.«

»Wo?«, sagte Elli und schaute natürlich trotzdem hin. Nur ein paar Meter von ihnen entfernt saß Mark vor der Kaffeerösterei.

»Da, an dem Tisch an der Tür«, sagte Thomas.

Elli sah einen Jungen, der vor einer Cola an einem runden Tisch saß. Er hatte längere, sandfarbene Haare und trug T-Shirt und Jeans. Außerdem hatte er einen großen Kopfhörer auf dem Kopf.

»Der hört sicher nichts«, sagte Elli. »Genau die gleichen Kopfhörer hat Philip auch, da hört man gar nichts, wenn Musik an ist.«

»Hoffentlich hat er Musik an«, ächzte Thomas. »Das hätte ich Nadine gerne schonend beigebracht. Zauberhafte Zwillinge – wer weiß, was sie dazu sagen wird.«

»Das geht Nadine gar nichts an, dass wir Hexen sind«, giftete Idi. »Wag es bloß nicht, ihr das zu sagen.«

»Wenn du nicht willst, dass sie es erfährt, dann würde ich dir empfehlen, demnächst ein bisschen leiser darüber zu reden«, sagte ihr Vater.

»Wir wissen noch gar nicht, ob man das erzählen darf, weißt du?«, sagte Elli und versuchte, zwischen Thomas und Idi zu vermitteln. »Wir wissen selbst noch so wenig übers Hexesein.«

»Das verstehe ich, Elli«, sagte ihr Vater. »Ich erzähle es niemandem. Kommt, wir gehen zu Mark, wenn er was gemerkt hat, dann können wir immer noch so tun, als ob das ein Spaß war oder so.«

Thomas zahlte, und sie gingen zu Mark an den Tisch.

»Hallo Mark«, sagte Thomas, aber Mark schaute nicht mal hoch. Aus dem Kopfhörer hörte man leise die Bässe. Am Ohr war das bestimmt irre laut, dachte Elli. Wirklich ausgeschlossen, dass er etwas gehört hatte.

»Mark«, sagte Thomas und tippte ihm auf die Schulter. Mark zuckte zusammen und drehte sich zu Thomas um. Er machte keine Anstalten, den Kopfhörer abzusetzen, aber man hörte, dass er die Musik leiser drehte.

»Hi«, sagte Mark, ohne die Miene zu verziehen. »Ich wollte auch gerade gehen«, dann stand er auf. Er war mindestens einen Kopf größer als Elli und Idi und sehr schlank. Er trug ein Eminem-Tour-Shirt, verwaschene Jeans und Chucks an den Füßen und war überhaupt ziemlich cool, fand Elli.

»Geht ihr nach Hause?«

»Ja«, sagte Thomas. »Kommst du auch noch mit, Elli?«

Elli schüttelte langsam den Kopf. Eigentlich wäre sie gerne geblieben und hätte Nadine und Mark richtig kennengelernt, aber sie war sich sicher, dass ihre Mutter nach diesem Anruf von Thomas auf sie wartete. Bestimmt wollte sie von Elli wissen, wie es gewesen war, ihren Vater zu sehen und alles. Elli wollte nach Hause.

»Und wer bist du?«, fragte Mark, wobei er mehr durch Elli hindurchschaute als dass er sie ansah.

»Mark«, sagte Thomas. »Das ist Elli, und wer das ist, ist eine lange Geschichte, die ich euch beim Abendessen erzähle.«

»Super«, sagte Mark. Es war ihm deutlich anzumerken, dass ihn nichts mehr langweilen würde als eine lange Geschichte von Thomas beim Abendessen.

Immerhin hat er nichts gemerkt, dachte Elli. Wäre es schlimm, wenn er es wüsste? Was dürfen Menschen über Hexen wissen? Es gab so viel, was Elli noch nicht verstand. Heute Abend würde sie Matea alles fragen. Beate Belze, da war sie sich inzwischen sicher, war auch eine Hexe. Und hatte sie auch eine Zwillingsschwester?

»Okay«, sagte Thomas und sah auf einmal unsicher aus. »Dann sehen wir uns nächste Woche, oder?«, fragte er Elli.

»Nun nimm sie schon in den Arm«, rief Idi. »Wie schwer kann es denn sein?«

Elli und Thomas sahen sich an. Er breitete die Arme aus, und Elli ließ sich umarmen. Alles war so neu. Elli spürte seine Bartstoppeln auf ihrer Wange, und sie roch sein Aftershave. So war es also, wenn man einen Vater hatte, der einen in den Arm nahm.

Schön ist das, dachte Elli glücklich.

»Ich bin ein Idiot, Elli. Idi weiß es schon, und du wirst es auch noch rausfinden«, sagte Thomas, als er sie schließlich wieder losgelassen hatte.

»Du bist kein Idiot, glaube ich«, sagte Elli leise. Dann umarmte sie Idi zum Abschied.

»Alles sehr emotional hier«, kommentierte Mark.

»Ignorier den Affen«, sagte Idi. »Ich ruf dich später an.«

»Wie kommst du denn jetzt nach Hause?«, fragte Thomas.

»Wie ich gekommen bin, mit der U-Bahn«, sagte Elli.

»Das ist mir gar nicht recht, dass du da alleine rumfährst, jetzt wird es ja schon langsam dunkel.«

Das stimmte allerdings, auch wenn die Tage noch ungewöhnlich warm waren, dämmerte es trotzdem schon ziemlich früh.

»Ich ruf dir ein Taxi«, entschied Thomas.

»Ins Westend?«, fragte Elli.

»Sehr fürsorglich«, sagte Mark.

»Da«, sagte Thomas und winkte einem Taxi zu. »Ins Westend. Westendallee 11.«

Dann holte er zwanzig Euro aus seinem Portemonnaie, überlegte kurz, zog einen zweiten Zwanziger hervor und gab ihn Elli.

»Dann will ich auch ins Westend, wenn's dafür Geld gibt«, hörte man Mark von hinten, aber Thomas ignorierte ihn.

»Bis Samstag. Grüß deine Mutter und deine Tante von mir«, sagte er und zwinkerte ihr zu.

Elli winkte Idi und Thomas, und dann war das Taxi auch schon losgefahren und sie ließ sich erschöpft in die Ledersitze fallen. Was für ein Tag!

»Was für ein Tag«, bestätigte Matea, als sie endlich nebeneinander auf dem Sofa zu Hause saßen.

»Wie hat er dir denn gefallen, dein Vater?«, fragte Matea.

Elli überlegte. »Eigentlich war er sehr nett. Zu mir, aber auch zu Idi und zu Nadine. Doch, ich glaube, dass er eigentlich nett ist.«

»Fand ich auch mal«, sagte Matea und legte den Arm um Elli.

»Freust du dich, ihn wiederzusehen?«, fragte Elli.

»Ein bisschen komisch wird es schon sein, nach zehn Jahren«, gab Matea zu. »Aber ich freue mich auch. Ich bin froh, dass ihr euch gefunden habt.«

»Und ich erst«, sagte Elli.

»Ganz schön schwer, mit so großen Geheimnissen zu leben. Nun kennt ihr endlich die ganze Familie und wisst, dass ihr Hexen seid«, sagte Matea.

»Oh, aber Mama, ich weiß noch so wenig übers Hexesein. Das ist alles so neu. Was ist, wenn jemand davon erfährt? Der Sohn von dieser Nadine, von Papas Freundin, der hat vielleicht was gehört.«

»Ach, Elli«, sagte ihre Mutter. »Mach dir darüber keine Gedanken. Immer mal wieder hört oder sieht einer was.« Sie strich Elli übers Haar. »Aber da gibt es super Vergessenszauber. Wenn ich den Knaben mal sehe, dann weiß er nichts mehr von dem, was er geglaubt hat zu hören, okay?«

Elli kuschelte sich in den Arm ihrer Mutter. Als Hexe war sie genauso stark wie als Mensch.

»Ich bin stolz auf dich, Mama«, sagte Elli.

»Das musst du wirklich nicht«, sagte Matea. »Ich hab viel falsch gemacht, ich habe zehn Jahre von Idis Leben verpasst.«

»Schau nicht zurück, schau nach vorne«, sagte Elli weise.

»Du hast ja so recht«, sagte Matea. »Und hat er dir Kraft gegeben, der Ring von Beate?«

»Hat er. Dürfen wir ihn behalten?«

»Ja, natürlich, sonst hätte ihn Beate euch nicht geschenkt.«

Glücklich streichelte Elli den Ring an ihrem Finger. Das musste sie gleich noch Idi erzählen, aber eine Sache wollte sie noch von ihrer Mutter wissen.

»Und wie heißt Beates Schwester?«, fragte Elli.

»Bella, wieso?«, fragte Matea.

»Nur so«, sagte Elli und grinste. »Ich wusste es. Sie sind auch Zwillinge, oder?«

»Meine kluge Tochter«, sagte Matea stolz und drückte Elli zärtlich an sich. »Wahrscheinlich wirst du mir noch viel übers Hexesein beibringen.«

18

Zusammen sind wir stark

In der kommenden Woche waren Philip, Henriette, Toni und Elli endlich mit ihrem Referat über die Orang-Utans im Hamburger Zoo an der Reihe. Elli hatte das Plakat vorbereitet mit den Handy-Fotos, die Philip von den verschiedenen Affen, ihrem Pfleger und dem Gehege gemacht hatte. Auf einem der Bilder sah man einen der Affen mit der Brille von Herrn Müller. Henriette war dagegen gewesen, aber die anderen hatten sie überredet.

»Das war ein sehr gutes Referat. Vor allem das Plakat mit euren eigenen Fotos war wirklich eine super Idee«, lobte Herr Müller die Gruppe und zwinkerte ihnen zu. »Diese Fotos gibt es wirklich nicht im Internet zum Runterladen. Hoffe ich jedenfalls?«

Alle grinsten, und Toni bekam einen roten Kopf. Es war ihre Idee gewesen, eigene Fotos zu machen, und sie war sehr stolz, dass Herr Müller sie lobte.

»Überhaupt bin ich mit dieser Klasse sehr zufrieden«, sagte Herr Müller. »Die Mathearbeit, die ihr Montag geschrieben habt, habe ich schon zur Hälfte zu Ende korrigiert, und ich muss sagen, dass es ein paar sehr positive Überraschungen gab.«

»Bei dir übrigens auch, Josefine«, sagte Herr Müller zu Josefine, die auf ihr Pult gestarrt hatte.

»Wirklich?«, fragte Josefine erstaunt.

»O ja«, sagte Herr Müller. »Eine sehr erfreuliche Verbesserung! Wenn ich jetzt noch wüsste, wo ...«

»Auf ihrer Nase, Herr Müller«, sagte Josefine und grinste.

Dann schaute sie zu Philip rüber und formte mit den Lippen ein stummes »Danke«.

»Bitte«, sagte Philip laut.

Elli und Josefine sahen sich an und rollten mit den Augen. Dass Jungs einfach nicht flüstern konnten!

Auf dem Pausenhof standen sie hinterher alle zusammen.

»Der Müller ist echt so nett«, sagte Toni, und spielte mit ihren dicken braunen Zöpfen.

»Wenn wir nur den als Klassenlehrer haben könnten, nicht diese fiese alte Kuh Sauter«, stimmte ihr Philip zu.

»Psst«, flüsterte Elli. »Bist du wahnsinnig? Diese fiese alte Kuh hat Pausenaufsicht.«

Sie schauten sich nach Frau Sauter um, die am anderen Ende des Hofs mit Jungen schimpfte, die sie mit dem Fußball angeschossen hatten. Alle kicherten.

»Die Eins für das Referat habt ihr jedenfalls verdient«, sagte Josefine.

»Danke«, sagten Elli, Toni und Philip wie aus einem Munde.

»Und was ist mir dir?« Elli stieß Henriette in die Rippen. »Du sagst ja gar nichts.«

»Ach, die Eins ist mir egal, meine Eltern streiten schon wieder«, sagte Henriette unglücklich.

»Meine sind auch getrennt«, sagte Josefine. »Seit letztem Jahr.«

»Meine Eltern sind nicht getrennt«, sagte Henriette und schaute Josefine böse an.

»Mann, das hat sie doch nicht so gemeint, Henni«, sagte Toni.

Henriette schluckte, dann sagte sie: »Tut mir leid. Ich hab's auch nicht so gemeint. Tut mir auch leid für dich, dass sich deine Eltern getrennt haben.«

»Mir nicht. Nicht mehr«, sagte Josefine. »Die haben nur noch gestritten. Ist besser so. Ich bin bei meiner Mutter. Meistens. Mein Vater hat eine neue Freundin.« Glücklich sah sie nicht aus, als sie das sagte. Sie tat Elli leid.

»Und du hast jetzt auch neue Freunde«, sagte Elli und hob die Hand hoch zum High Five.

»High Five«, riefen die anderen und schlugen ein.

Zögernd schlug auch Josefine mit ein.

»Passt genau, wir sind fünf«, sagte Toni. »Aber Tonni darfst du nicht mehr sagen.«

Josefine lief rot an.

»Okay«, sagte sie und schaute an Toni vorbei auf den Boden.

»Wieso hast du uns eigentlich immer geärgert?« Elli wunderte sich, wie hartnäckig Toni sein konnte.

»So halt«, sagte Josefine. »Ich muss jetzt dann auch«, fügte sie noch hinzu, und schon hatte sie den anderen den Rücken zugedreht und ging schnell in Richtung Schultor.

»Na, wenn das nicht mal ein bisschen voreilig war, du mit deinem High Five…«, sagte Henriette zu Elli.

»Komisch«, gab Elli zu. »Gerade war sie doch noch ganz nett.«

»Die war früher auf einer Privatschule«, sagte Philip. »Dann haben sich ihre Eltern scheiden lassen, und plötzlich war kein Geld mehr für die Schule da. Alle ihre Freundinnen gehen noch dahin. Nur sie musste zu uns.«

»Das hat sie dir erzählt?«, fragte Elli.

»Ja, als ich ihr Mathe-Nachhilfe geben habe. Dafür reicht die Familienkasse nämlich gerade noch.« Philip grinste breit.

»Kein Wunder, dass sie uns blöd findet«, sagte Henriette.

Alle waren sich einig, dass das ziemlich fies von Josefines Eltern war.

»Ich glaub, ich mag sie trotzdem nicht«, sagte Toni, und Elli verstand, was sie meinte. Ihr war es auch nicht recht, dass Philip Josefine auf einmal so nett fand, aber sie sagte nichts.

»Wir geben ihr einfach eine Chance, okay?«, sagte Philip. Und dagegen konnte keiner etwas einwenden.

Auf dem Weg nach Hause musste Elli an ihre Eltern denken. Ob sie sich auch viel gestritten hatten, bevor sie sich getrennt hatten? Sie hatte keine Ahnung, wie das am Samstag werden würde. Auf Idi freute sie sich, aber was wäre, wenn Mama und Papa gleich wieder anfangen würden zu streiten? Nicht auszudenken. Und hoffentlich brachte er Nadine nicht mit.

»Bestimmt nicht«, sagte Idi am Telefon, als Elli sie angerufen hatte. »Das macht er nicht. Das wäre doch total seltsam.«

»Ja, eben, das finde ich ja auch.«

»Ich rede mit ihm«, versprach Idi. »Jetzt mach dir doch nicht so viele Sorgen. Was soll denn schon schiefgehen?«

»Ich weiß auch nicht«, murmelte Elli und sagte ihrer Schwester Tschüss.

Noch nicht mal Idi gegenüber traute sich Elli zuzugeben, dass ihre Angst, dass etwas schiefgehen könnte, ihr kleineres Problem war. Ihr eigentliches Problem war, dass sie heimlich die Hoffnung hatte, dass alles überhaupt kein bisschen schiefgehen würde. Dass sich Mama und Papa sehen und sich in die Arme fallen würden. Dann würden Idi und Papa nach Berlin ziehen, und sie alle vier würden als Familie zusammenleben. Natürlich mit Tante Eva.

Und mit den Mäusen Lina und Lura und mit den Katzen, mit Noah und Mihai und Nero.

Wie im Film sah Elli die Bilder vor sich. Mama und Papa, die sich umarmten, Mama im Hochzeitskleid mit einem großen Blumenstrauß in der Hand vor einer Kirche stehend. Mit ganz viel Konfetti und Reis, die durch die Luft flogen. Und sie und Idi in weißen Kleidern als Blumenmädchen. Und Papa in einem schicken Anzug.

Das Schlimme war, dass Elli wusste, dass das ganz sicher nicht passieren würde. Papa und Idi lebten in Hamburg. Idi hatte ihre Schule da, Papa hatte die Praxis. Und er hatte Nadine. Trotzdem konnte sie nicht aufhören, es sich zu wünschen.

Am Samstag klingelten Idi und Thomas pünktlich um 15 Uhr an der Tür. Eva hatte den Tisch gedeckt und Elli hatte einen Zitronenkuchen gebacken. Sie hatte ihre Mutter überreden wollen, ein Kleid anzuziehen, aber Matea hatte sich geweigert.

»Ich ziehe mir gerne was Schönes an, aber kein Kleid. Ich habe keine Lust, mich verkleidet zu fühlen.«

»Tante Eva trägt immer Kleider«, sagte Elli.

»Eben«, sagte Matea.

Jetzt sah sie trotzdem sehr hübsch aus in einer dunklen Jeans und einer orangefarbenen Bluse mit winzig kleinen weißen Blümchen drauf.

Elli selbst hatte ihren roten Lieblingsrock und den Pulli mit dem silbernen Stern an, den sie getragen hatte, als Idi sie zum ersten Mal in Berlin besucht hatte. Das musste doch Glück bringen!

Als sie die Tür öffnete, sah sie, dass sich Idi auch für die Anziehsachen von ihrem ersten Treffen in Berlin entschieden hatte. Die Jeans und den orangefarbenen Kapuzenpulli.

Sie blinzelten sich zu.

»So ist das also mit Zwillingen«, sagte Elli zu Idi.

Dann begrüßte sie ihren Papa, der in seinem blauen Pulli und den weißen Jeans auch sehr schick aussah. Hinter ihr kam Matea zu Tür.

»Die sind für dich«, sagte Thomas zur Begrüßung und zog hinter seinem Rücken einen großen Strauß Blumen hervor.

»Oh, wie schön«, sagte Matea. »Ein Herbstblumenstrauß mit Astern, Hortensien und diesen hübschen Röschen. Danke Dir.«

Elli sah, wie sehr sie sich freute. Matea liebte Blumen. Thomas hatte sich anscheinend daran erinnert.

»Freut mich, wenn er dir gefällt«, sagte er und wirkte auf einmal verlegen.

»Kommt rein«, sagte Elli schnell.

»Und ihr seid öfter in Berlin?«, setzte Matea die Unterhaltung fort, als alle am Tisch saßen.

»Ja, meine Freundin wohnt in Schöneberg«, sagte Thomas.

Schlechter Anfang, dachte Elli, aber Matea schien sich nicht daran zu stören.

»Wie nett«, sagte sie stattdessen.

»Du hast dich überhaupt nicht verändert, seit wir uns das letzte Mal gesehen haben«, sagte Thomas bewundernd.

»Unverschämtheit!«, sagte Matea und lachte. »Als wir uns das letzte Mal gesehen haben, da waren die Zwillinge gerade mal vier Monate alt und ich mindestens fünf Kilo schwerer!«

»Ziemlich genau zehn Jahre her«, sagte Thomas.

»Ja, fast auf den Tag genau«, stimmte Matea zu. »Morgen.«

Einen Moment schwiegen alle.

»Gibt es aus der Zeit eigentlich Fotos von uns?«, fragte Idi.

»Ja, ich habe ein Album gemacht«, sagte Matea. »Wollt ihr das sehen?«

»Ist das eine gute Idee, Matea?«, fragte Thomas.

»Warum nicht?«, fragte Matea. Sie war schon aufgestanden. »Ich finde, wir hatten schon schlechtere Ideen, wir beide.«

Thomas brummte etwas Unverständliches. Matea ging in ihr Zimmer und kam kurz darauf mit einem kleinen grünen Fotoalbum zurück. Idi und Elli stellten sich hinter Matea an den Tisch.

»Das ist kurz nach der Geburt, im Krankenhaus, da war ich ganz schön fertig.«

»Du siehst trotzdem schön aus, Mama.«

»Danke, Idi, lieb, dass du das sagst.«

»Und das ist unser erster Ausflug im Kinderwagen an den Lietzensee. Da war das Wetter so schön.«

»Süß! Wir haben die gleichen Bodys an, schau mal!«, sagte Elli.

»Das habe ich danach nicht mehr gemacht, Thomas konnte euch dann nicht mehr unterscheiden.« Matea grinste.

»Ha, ha«, sagte Thomas, aber er stellte sich auch hinter die Mädchen und Matea und schaute sich die Fotos an.

»Ah, da ist ja auch die liebreizende Matilda«, sagte er und zeigte auf eine Frau im Hintergrund von einem der Bilder.

»Wo?« Idi und Elli beugten sich näher zu den Bildern runter.

»Hier«, sagte Thomas und tippte noch mal auf das Foto, auf dem Idi und Elli nun eine große hagere Frau mit weißen, leicht gewellten Haaren in einem knielangen schwarzen Kleid sahen.

»Hat die einen Stock?«, fragte Elli überrascht.

»Ja, das fand sie damals gerade schick«, seufzte Matea. »Ganz in Schwarz gekleidet bei fünfundzwanzig Grad und mit diesem Stock, wirklich zum Fürchten.«

»Wie alt ist sie denn da?«, fragte Elli.

»Warte mal«, überlegte Matea. »Matilda und Esther sind 1960 geboren, da war sie gerade mal 47 Jahre alt. Gut zehn Jahre älter als ich jetzt.«

»Und sieht aus wie eine alte Frau«, sagte Idi.

»Wie 'ne alte Hexe schaut sie aus«, sagte Thomas. »Kennst du deine Oma nicht?«, fragte er Elli.

Elli schüttelte den Kopf.

»Die haben sich hier nicht mehr blicken lassen, seit wir die Kinder getrennt haben«, beantwortete Matea seine Frage.

»Na, woll'n wir mal hoffen, dass es dabei bleibt«, murmelte Thomas. Matea schwieg.

»Wo ist Eva eigentlich?«, fragte Thomas, als auf einem der nächsten Bilder Eva mit den Zwillingen auf dem Arm zu sehen war.

»Die ist einkaufen«, sagte Elli. »Die kommt vielleicht noch.«

»Wie hübsch Eva auf dem Bild ist, oder?«, fragte Idi.

»Ist sie doch immer noch«, sagte Elli. »Aber stimmt, das ist ein süßes Bild. Von dir auch, Idi, da sieht man schon die erste blonde Strähne.«

»Mama, die will ich auch haben, die Bilder«, sagte Idi.

»Ich mach dir auch ein Album, mein Schatz«, versprach Matea und streichelte Idi über den Kopf. »Eins mit den alten Bildern und eines mit neuen, die wir machen. Und die schaust du dir an, wenn du uns in Hamburg vermisst, okay?«

Idi nickte und kuschelte sich in Mateas Arm.

»Da wir gerade von Hamburg sprechen«, sagte Thomas und räusperte sich. »Also Idi und ich wollten euch etwas erzählen. Willst du es ihnen sagen, Idi?«

Idi nickte und strahlte. Sie baute sich vor Matea und Elli auf und stütze ihre Arme in die Hüften.

»Wir ziehen nach Berlin. Nächstes Jahr in den Sommerferien, damit ich dann nach den Ferien auf Ellis Schule gehen kann. Wenn es dir recht ist, Elli?«

Elli konnte nicht fassen, was sie da gerade gehört hatte. Sie starrte Idi erst an, dann fiel sie ihr um den Hals.

»Ich glaube es einfach nicht! Du ziehst nach Berlin? Du kommst zu mir in die Klasse?«

»Wenn du willst, ja!«

»Natürlich will ich! Ich will nichts mehr, als dass wir zusammen sind!« Elli strahlte vor Glück, sie merkte selbst, wie ihre Wangen glühten und dass sie so doll grinsen musste, dass es fast weh tat.

»Matea und ich haben darüber gesprochen«, erklärte Thomas. »Wenn ihr zusammen sein wollt, dann sollt ihr zusammen sein dürfen.«

Elli und Idi strahlten sich an. Eine schönere Nachricht hätte es gar nicht geben können für Elli.

»Aber«, sagte Thomas jetzt sehr ernsthaft. »Wir machen das nur, wenn ich mich auf euch verlassen kann. Keine Hexerei in der Schule, keiner erfährt, dass ihr Hexen seid. Ihr bleibt die ganz normalen Mädchen, die ihr jetzt seid, und ...«, er legte eine Pause ein, »keine kauft sich einen Stock!«

Jetzt lachten alle.

»Versprochen, Papa«, sagten Elli und Idi.

»Und da gibt es noch eine Sache, die ich euch erzählen möchte, wo wir jetzt gerade alle beisammen sind. Hört noch mal kurz zu, okay?«, sagte Thomas in den Trubel hinein.

Elli und Idi beruhigten sich nur mühsam.

»Also, es ist so. Nadine und ich haben gestern auch miteinander gesprochen, und wir haben beschlossen, dass wir nächstes Jahr im Sommer heiraten werden.«

Jetzt war es so still, als hätte jemand auf der Fernbedienung aus heiterem Himmel auf Pause gedrückt.

Matea erholte sich als Erste von der Nachricht.

»Herzlichen Glückwunsch«, sagte sie. »Das freut mich für euch. Dann hole ich doch am besten mal einen Sekt zum Anstoßen.« Sie verschwand in der Küche.

»Das hättest du mir ruhig auch auf dem Weg hierher sagen können, Papa«, sagte Idi zu ihrem Vater. »Das ist echt richtig fies von dir.«

Thomas wollte gerade antworten, als Matea zum Tisch zurückkam und Gläser und Sekt brachte.

»Eva ist jetzt auch da«, sagte sie, und schon kam Eva hinter ihr her. Während Eva Thomas gratulierte, öffnete Matea mit lautem Knall die Flasche. Idi und Elli bekamen Cola, auch wenn ihnen gar nicht nach feiern zumute war.

»Auf die Vergrößerung der Familie«, sagte Matea, und dann stießen alle an.

»Was ist denn mit Mihai und Nero los?«, fragte Eva in die Stille hinein, die nach dem Anstoßen entstanden war.

»Sieht so aus, als ob die auf dem Sofa kuscheln würden. Das habe ich ja noch nie gesehen.«

Und wirklich, die beiden Kater hatten es sich gemeinsam in Mihais Ecke vom Sofa gemütlich gemacht und rieben ihre Köpfe aneinander.

»Seltsam, oder?«, sagte Matea. »Das machen die sonst doch nicht.« Fragend sah sie ihre Schwester an.

»Ist euch auch so heiß?«, fragte Thomas und öffnete zwei Knöpfe an seinem Pulli.

»Und da auf der Terrasse turteln zwei Tauben. Scheint inspirierend zu sein, so eine Verlobung«, kicherte Eva und nahm noch einen Schluck von ihrem Sekt.

Zuerst lachte Matea mit, aber dann hörte sie abrupt auf und starrte zum Fenster raus. Im hinteren Gartenteil jagten sich zwei Eichhörnchen die Bäume hinauf, und auf den Wurzeln der großen Buche saßen zwei Hasen dicht gedrängt nebeneinander.

»Irgendwie bekommt mir der Sekt nicht«, murmelte Thomas, er hatte einen roten Kopf.

Matea drehte sich von der Terrassentür weg und schaute zu Elli, aber Elli konnte ihren Blick nicht erwidern. Ihr war heiß und schwindelig.

»Was ist denn hier ...?«, setzte Matea an.

»Tut mir leid, meine Lieben«, fiel Thomas ihr ins Wort, »ich muss leider los. Ich muss zu Nadine.«

»Was?«, fragte Idi. »Spinnst du? Wir sind doch gerade erst angekommen.«

Aber Thomas hörte kaum zu. »Ich hätte nicht auf die Verlobung ohne sie anstoßen sollen. Sie fehlt mir jetzt so, also ich muss dann, also ich ...« Hektisch stand er auf.

»Also ich geh dann mal. Du kannst ja noch bleiben. Bleib, doch noch, Idi.« Es war ein einziges wirres Gestottere.

Idi schüttelte den Kopf. »Mann, Papa, was soll das denn jetzt?«

»Entschuldigt bitte, mir ist auf einmal ganz komisch ...«, rief er noch aus dem Hausflur, und schon war er weg.

»Was ist denn hier los?«, fragte jetzt auch Eva irritiert. Nur Matea schien begriffen zu haben, was gerade geschehen war. Und es gefiel ihr offensichtlich nicht.

»Seid ihr zwei verrückt geworden?«, fragte Matea wütend, als die Haustür hinter Thomas ins Schloss gefallen war.

Sie baute sich vor Elli und Idi auf, die am Tisch saßen, und stemmte ihre Fäuste in die Hüften.

»Euer Vater sagt, er erlaubt, dass ihr zusammen in die Schule geht, wenn ihr euch wie normale Mädchen benehmt, und das Nächste, was passiert, ist, dass ihr ihn mit einem Liebeszauber belegt?«

»Wie bitte?«, fragte Elli benommen.

»Was?«, frage Idi irritiert.

»Das könnt ihr doch nicht machen. Ihr wisst doch gar nicht, wo das hinführt. Und ob ich das überhaupt will. Was fällt euch ein?«

Matea war außer sich, das merkte selbst Elli, die sich ansonsten fühlte, als sei sie gerade erst aufgewacht und immer noch schlaftrunken.

»Matea, jetzt beruhig dich doch mal. Die wissen doch gar nicht, was sie gemacht haben«, unterbrach Eva ihre Schwester. »Schau dir doch mal Elli an.«

Matea hörte auf zu schimpfen und blickte Elli an. Dann legte sie ihr die Hand auf die Stirn. »Du hast ja Fieber«, sagte sie. »Komm, ich bring dich ins Bett.«

Sie brachten Elli ins Bett und setzten sich neben sie auf die Bettkanten rechts und links.

»Wie geht es dir, Elli?«, fragte Matea und nahm ihre Hand.

»Ich weiß nicht«, sagte Elli. »Mir war heiß und dann kalt, und dann weiß ich nichts mehr.«

»Siehste«, sagte Eva. »Und wie geht es dir, Idi?«

»Wie soll es mir gehen? Ich bin stinksauer auf meinen Vater und diese Verlobung, und dass er es mir nicht gesagt hat! Das ist alles.«

»Weißt du, dass du einen Liebeszauber gehext hast?«, fragte Matea ihre Tochter.

Elli schüttelte den Kopf.

»Wie hätte ich das denn machen sollen?«

Eva und Matea schauten sich an.

»Das Feuer regiert die Liebe. Du hast die Kraft dazu, Elli, wie ich. Aber wir wissen beide, dass das gegen unseren Ehrenkodex verstößt«, sagte Eva.

Elli schwieg.

Matea seufzte und sagte: »Es hilft nichts. Wir werden üben und üben und üben müssen. Ihr müsst eure Kräfte beherrschen lernen, sonst beherrschen sie euch. Verstehst du das, Elli?«

Elli nickte – immer noch ein bisschen wie in Trance.

»Ja, natürlich üben wir, das versprechen wir«, sagte Idi. »Ich könnte den ganzen Tag zaubern üben.«

Eva grinste schon wieder. Wenn Idi da war, konnte sie nicht lange ernst bleiben.

Aber Matea blieb ernst. »Elli, das ist gefährlich. Du weißt ja auch noch gar nicht, wie man so was richtig hext. Thomas hätte sich ja auch in Eva verlieben können.«

»Oder ins Eichhörnchen«, kicherte Idi.

Matea stöhnte.

»Könnt ihr nicht eine Sekunde mal zuhören? Was wäre gewesen, wenn Papa das mit dem Liebeszauber gemerkt hätte? Dass ihr wolltet, dass er sich in mich verliebt? Meint ihr nicht, er wäre sauer darüber gewesen?«

»Ich hab's nicht absichtlich gemacht«, sagte Elli verzweifelt. »Und ich mache es nie wieder. Von heute an übe ich jeden Tag, an dem ich mit Idi zusammen bin, zaubern. Niemand soll mich beherrschen. Das war kein gutes Gefühl.«

»Genau, so macht ihr es«, sagte Matea stolz.

»Und wenn Idi im Sommer zu uns zieht, dann merkt kein Mensch mehr, dass ihr Hexen seid, okay?«, fragte sie die Zwillinge.

»Genau«, sagten Elli und Idi wie aus einem Munde. »So machen wir es.«

Als Matea und Eva wieder in die Küche runtergegangen waren, legte sich Idi neben Elli auf das Bett. Sie hielten sich an den Händen und schauten in den blauen Sternenhimmel von Ellis Bett.

»Aber wir wissen, dass wir Hexen sind«, sagte Idi zu Elli.

»Ja, und ich will auch gar nichts anderes sein«, sagte Elli. Es ging ihr schon wieder besser. »Wir müssen nur gute Hexen werden.«

»Wir werden die besten Hexen werden.«

»Und Mama und Tante Eva werden stolz auf uns sein.«

»War eigentlich schon ganz lustig, wie auf einmal alle Tiere miteinander geschmust haben, oder?«, kicherte Idi.

»Und wie Papa plötzlich aufgesprungen ist und unbedingt zu seiner Nadine musste. Peinlich, echt«, sagte Elli und verzog das Gesicht.

»Elli, ich glaube, du bist eine ganz große Hexe, ehrlich. Ich hab nichts von deinem Zauber mitbekommen«, sagte Idi ungewohnt nachdenklich.

»Ich aber auch nicht wirklich«, musste Elli zugeben. Plötzlich wurde ihr mulmig zumute. »Ich habe gegen den Ehrenkodex verstoßen.«

»Stimmt«, sagte Idi unbekümmert. »Aber ohne Erfolg. Wer soll sich daran schon stören?«

Elli sagte nichts, aber sie hoffte, dass Idi recht hatte. Ganz sicher war sie sich nicht. Sie erinnerte sich, dass sie in der Schule gelernt hatten, dass auch ein Versuch strafbar war. Man musste nicht erfolgreich Juwelen stehlen, um vor dem Gesetz als Dieb zu gelten, das hatte Frau Linse ihnen erklärt. Und hatte Mama nicht gesagt, dass man seine Zauberkräfte verliert, wenn man gegen den Ehrenkodex verstößt?

Noah näherte sich ihnen schnurrend, dreht sich auf dem Bett dreimal um sich selbst und legte sich dann zwischen Elli und Idi. Aus Idis Jackentasche krabbelten Lina und Lura hervor und machten es sich zwischen seinen Pfoten bequem.

Elli versuchte, die Gedanken zu verdrängen. »Wir müssen wirklich üben, Idi«, sagte sie und ließ zur Probe ihrer Zauberkräfte Noahs Katzenball vor seiner Nase hin und her schweben. Immerhin, das klappte noch.

»Absolut. Kein Problem!« Idi hatte natürlich keine Bedenken, dass sie es auch schaffen würden.

»Und wir lassen uns was einfallen, wie wir verhindern können, dass Papa Nadine heiratet. Auch ohne Liebeszauber«, flüsterte Elli. »Oder, Idi?«

»Worauf du dich verlassen kannst«, sagte Idi mit Nachdruck. »Papa soll Mama en. Oder gar keine.«

»Und du ziehst nach Berlin«, sagte Elli auf einmal wieder glücklich.

»Und wir gehen in eine Klasse.« Idi freute sich auch.

»Wir bleiben für immer zusammen.« Als sie es laut sagte, wusste Elli auf einmal ganz sicher, dass es so sein würde. Sie und Idi würde nichts auf der Welt mehr trennen können. Mit oder ohne Magie.

Elli und Idi gaben sich die Hände. Ihre Ringe berührten sich, die Mondsteine funkelten für einen Moment auf, und beide spürten die große Kraft, die in ihnen steckte.

»Magie hoch zwei. Zusammen sind wir stark!«, sagten beide gleichzeitig.

Dank

Mein Vater hat sich immer darüber lustig gemacht, wenn sich Autoren bei ihren Partnern bedanken, »ohne die dieses Buch nie fertig geworden wäre«. Er hat oft im Spaß gesagt, dass er einmal ein Buch seinen Töchtern widmen würde, »ohne die dieses Buch schon viel früher entstanden wäre«. In diesem Sinne möchte ich »Magie hoch zwei« meinem Vater und seinem wunderbaren Humor widmen.

Bedanken möchte ich mich allem voran bei meinen fantasievollen und unermüdlichen Co-Autorinnen Lilith und Cosima. Sie haben den Entstehungsprozess dieses Buches vom ersten Kapitel bis zum letzten Satzzeichen mal kritisch, meist aber begeistert begleitet. Beiden habe ich auch die ersten Ideen zur Gestaltung des Covers zu verdanken.

Aziza und Widad haben das Buch bereits in einer frühen Phase durch ihre Vorschläge und Anregungen sehr bereichert. Und auch bei Elisabeth und Marta möchte ich mich dafür bedanken, dass sie das Buch gelesen haben, als es noch »Zettel« waren.

Meine erste erwachsene Leserin war meine Freundin Sonja Detlefsen, für deren klugen Rat und große Hilfsbereitschaft ich sehr dankbar bin.

Weitere frühe Leser waren Friederike Stolleis, Frauke Berchtig, Nadine Schori und meine Mutter Hildegard Luig. Auch bei ihnen möchte ich mich sehr herzlich für ihre Ideen, Korrekturen und ihre Ermutigung bedanken.

Ein besonderer Dank gilt Ulrike Barth-Musil, die das Buch illustriert hat und deren Bilder mich verzaubern. Ohne ihr Talent, ihre Begeisterung und ihren Einsatz wäre »Magie hoch zwei« ein bisschen weniger magisch.

Meiner Verlegerin Monika Fuchs möchte ich sehr herzlich dafür danken, dass sie gleich die ganze magische Reihe in ihr Programm aufgenommen hat. Die Zusammenarbeit mit ihr und Tanja Dietze vom Monika Fuchs Verlag war gleichermaßen vertrauensvoll wie anregend, und ich freue mich jetzt schon auf die Fortsetzung.

Meiner Freundin Nadine Engler, deren Begeisterung fürs Büchermachen ansteckend ist, bin ich zu besonderem Dank verpflichtet. Dank gebührt zudem Katharina Theml, die die erste Ausgabe des Buches lektoriert hat.

Zu danken habe ich auch meinen Freunden Adela von Bülow, Armin Busch, Jacqueline Chaouli, Ulrike Hohl, Gerhard Kämpfe, Christiane Montag, Charlotte Neugebauer, Kristine Stüvecke und Martin Wichert sowie meinen Schwestern Eva und Judith Luig. Jeder hat auf seine Weise etwas Besonderes zu diesem Projekt beigetragen.

Zutiefst dankbar bin auch für die Unterstützung meiner Freundin Caroline Peters. Ihre Freundschaft, ihr Mut, ihre Kreativität und ihr Talent bereichern mein Leben seit über dreißig Jahren.

Schreiben mag einsam sein, Büchermachen ist ein wunderbar kreativer gemeinschaftlicher Prozess.

Sibylle Luig

Sibylle Luig

hat dieses Buch geschrieben. Schon als Kind liebte sie das Lesen. Angefangen selbst zu schreiben hat sie erst, als ihre Töchter immer neue Geschichten von Kindern mit magischen Kräften vorgelesen und erzählt bekommen wollten. *Magie hoch zwei – Operation Waldmeister* ist nicht nur ihr erstes Buch, sondern auch der erste Teil der Kinderbuchreihe um die zauberhaften Zwillinge Elli und Idi. Mehr Infos gibt es auf der Website www.magiehochzwei.com

Ulrike Barth-Musil

hat die Bilder in diesem Buch gezeichnet. In der Grundschule lernte sie eine Illustratorin kennen und wusste seitdem: Das will ich auch machen! Schon immer liebte sie Zeichnen und Gestalten, und so ist sie nach der Schule Grafikerin und Illustratorin geworden. Inzwischen hat sie für viele Bücher Bilder gezeichnet und an Trickfilmen mitgearbeitet. Eine Auswahl ihrer Werke findet man auf der Website www.io-home.org